最美的相遇
在路上

燕如 / 著

中国民族文化出版社

北 京

图书在版编目（CIP）数据

最美的相遇在路上 / 燕如著. — 北京：中国民族
文化出版社有限公司，2022.4
ISBN 978-7-5122-1546-7

Ⅰ.①最… Ⅱ.①燕… Ⅲ.①游记—作品集—中国—
当代 Ⅳ.①I267.4

中国版本图书馆CIP数据核字（2022）第021947号

最美的相遇在路上

ZUI MEI DE XIANGYU ZAI LUSHANG

作　　者：燕　如

责任编辑：王　华

责任校对：李文学

出 版 者：中国民族文化出版社　　地址：北京东城区和平里北街14号

　　　　　　邮编：100013　联系电话：010-84250639　64211754（传真）

印　　装：三河市金元印装有限公司

开　　本：710mm×1000mm　1/16

印　　张：13

字　　数：200千

版　　次：2022年11月第1版第1次印刷

标准书号：ISBN 978-7-5122-1546-7

定　　价：49.80元

版权所有　侵权必究

目　录

第三辑　瑞士

第四辑　越南

第一辑　日本

走进"大阪的厨房"

　　大阪之旅匆忙，但有一个地方最特殊，我刻意留了半天时间慢下来细细品味，那便是黑门市场。黑门市场是大阪人的骄傲，有着"大阪的厨房"之美誉，高晓松曾在节目中对其中的美食大呼过瘾，极力推荐大家来此一饱口福，我怎能轻易错过走进大阪厨房的机会？

　　黑门市场位于大阪市中央区的日本桥附近，著名作家东野圭吾曾在多本书里提到热闹的日本桥，想必他也是这里的常客。黑门市场历史悠久，从江户时代就开始经营，距今已有170多年，早在明治末期以前，因附近有一座大寺庙名为"圆名寺"，市场因此得名"圆名寺市场"，又因圆名寺东北边的黑色大门颇具盛名，也被称作"黑门市场"。后来，圆名寺毁于一场大火，但黑门深植人心，"黑门市场"的名称得以流传至今。

　　站在市场门口向里张望，暖黄的主色调营造出令人心安、温暖的氛围，五花八门的店招、特色的日式灯笼、码放整齐的商品都很吸引游人的目光。黑门市场热闹非凡，在这个近600米长的市场里，共有170多家店铺，不仅有丰富的新鲜高品质肉、蛋、海鲜和蔬菜、瓜果，还有其他地方买不到的、来自世界各地的调味品和烹饪佐料，从星级饭店的厨师到家庭主妇，从本土吃客到外国游客，每个人都能在此找到自己心仪的食材和调料，找到厨房和美食的乐趣。

市场入口的不远处是资讯中心，游客们可以在这里免费享受寄存行李、兑换货币、休息上网和中英文咨询等服务。印刷精美的纸质版市场指南上，详细介绍了市场里的知名店铺和特色美食，游客们可以按图索骥，照着指南一边闲逛一边寻味。

来到大阪，自然不能错过大阪当地的特色美食，最有名的当属章鱼烧和大阪烧。

黑门市场有一家大阪无人不知的章鱼烧店（たこ焼道楽わなか），曾数次上榜《米其林指南》，那章鱼烧真可谓绝品。章鱼烧即烤章鱼丸子。用鸡蛋和特制的章鱼烧粉调出基础的面糊，灌入预热好的章鱼烧锅中，迅速加入章鱼块、卷心菜、洋葱及腌姜，再盖一层面糊；待小丸子塑形之后，用夹子将其翻面，烤至通体金黄即可；将章鱼烧夹出放至盘子中，撒上章鱼烧酱、紫菜丝、干鲣鱼丝等，一道美味的章鱼烧就出炉了。章鱼烧一定要趁热吃，变凉变软之后会影响口感，出炉后趁热轻轻地咬上一口，章鱼烧像是会在嘴里爆炸的"小宇宙"，表皮喷香酥脆，内里黏稠软糯，章鱼块新鲜有嚼劲，配菜鲜嫩多汁，真真令人赞不绝口。店里的虾味仙贝夹章鱼烧，是深受孩子们喜爱的零食，外形可爱，美味可口。无论男女老少，都很难抵挡住章鱼烧的诱惑，这家店门口总是排着长长的队伍，游客们需要有些耐心，才能品尝到美味。

大阪烧是当地的特色面食，以面和卷心菜为主和成面糊，可以根据个人口味加入五花肉、虾、鱿鱼等配菜，放在特制的铁板上煎熟。新鲜出炉的大阪烧，面食口感丰富，卷心菜新鲜脆爽，肉类配菜劲道，也是深受人们喜爱的经典美食。

如果你是"海鲜控"，那黑门市场一定能够满足你的食欲。大阪是关西地区最大的海鲜集散港口，而黑门市场是大阪海鲜集散的重要担当，这里有超过 80 家海鲜店，光是看看那些码放整齐、丰富多彩、新鲜生猛的海味，就是一场赏心悦目的视觉盛宴。

遇见传说中的河豚，店门前聚集了不少跃跃欲试的围观人群，似乎还不够勇气品尝河豚，我们下定决心要尝尝鲜。这里的河豚有六种吃法，冷盘、凉拌河豚皮、河豚生鱼片、河豚火锅、河豚天妇罗、河豚鲜汤泡饭，我选了最为保守的河豚天妇罗，油炸的外皮酥脆爽口，包裹着新鲜滑嫩的河豚肉，吃到嘴里既香又鲜。现切的金枪鱼新鲜诱人，腹部是脂肪含量最高的部位，售价也最高；金枪鱼做成的生鱼片或是寿司都值得品尝，入口肥美丰润；金枪鱼的其他部位也值得挖掘，一样地新鲜美味，价格还更实惠。长脚蟹常被人们笑称为"海水的味道"，来自北海道的新鲜海胆入喉甘甜，令人回味无穷，还有各种各样的扇贝、肥厚的生蚝、新鲜的海鱼、可爱的鱿鱼蛋、香酥的盐烤鲇鱼……

还有一样不得不品尝的美味，那就是日本和牛肉，大名鼎鼎的神户牛肉、松阪牛肉、京都牛肉等都属于黑毛和牛种群，大理石状的雪花油脂纹理和入口即化的优质口感使其备受青睐，在国际牛肉质量选举中脱颖而出。神户牛肉是日本和牛中的皇冠，价格不菲。牛肉片在铁板上烤得"滋滋"作响，边缘卷曲成优美的线条，出炉之后浇上酱汁，酱汁的鲜香与牛肉的香甜完美地结合，入口即化，鲜嫩多汁，好吃但不宜贪嘴，神户牛肉油脂丰富，小吃几块之后便觉些许油腻。

如果你是素食主义者，黑门市场也不会辜负你的口味。高桥豆腐店的特浓豆乳如它的名字一般，像豆腐脑一般浓稠，很是令人满足，一定要在上午趁早去喝，不然要么人满为患，要么销售一空。除此之外，豆腐、豆皮、大豆甜甜圈、蔬菜天妇罗、腌菜、新鲜的蔬菜瓜果等，都是素食主义者的美味选择。

黑门市场高强度、高密度的美食轰炸，让我们彻底释放味蕾，辉哥摸着吃得饱饱的肚子，心满意足地说："你可以错过大阪的日落，但一定不能错过黑门市场的美食。"我和小睿深以为然。

大阪印象

大阪，来过，但也只是路过，它是关西的重要交通枢纽，也是大阪都市圈的中心城市。来过几次大阪，每次的重要目的都不是旅行，要么是因公出差，要么是交通换乘，要么是为了购物。印象最深的还是一家三口在这短暂停留的两天，是为往返大阪机场。

大阪的人口密度很高，从走出大阪机场的那一刻就能深刻地感受人潮汹涌，地铁里、街道上、餐厅、商场、公园……四处都是人头攒动的景象，行人匆匆，各怀心事：有些人西装革履，低着头匆匆赶路；有些人身着和服，寻找美景拍照留念；有些人着急赶路回家；有些人眷恋途中风景……

为了避开人潮，我没有选择住在难波和梅田商圈，定了位于弁天町的超高层景观酒店。夜幕降临，站在窗前俯瞰大阪港夜景的那一刻，我们三人不约而同地惊呼，一切都值了。大阪的建筑密度很高，星星点点的灯光像是镶嵌在大阪城的闪闪发光的宝石，蜿蜒的阪神高速公路在楼宇间穿行，流动的车灯和静止的路灯组成一条动静结合、色彩艳丽的明亮线条，像是醉酒的画家随手一挥留下的彩色墨迹，粗犷，豪放，主导着这幅城市风光画，牵引着我们的视线走向远方。眺望远处的环球影城、明石海峡大桥、淡路岛、海游馆、天保山大观览车……酒店的服务员说这是观赏大阪夜景的最美酒店，我默默赞许，这个称谓真不为过，随着华灯初上，所有的疲惫和烦恼都会被大阪城的夜景治愈。

酒店的楼下是地铁站，城市还未苏醒时，地铁站里已经热闹非凡。地铁站旁边有个小餐厅，从早到晚的生意都很是兴隆，尤其是早餐，我们被长长的等候队伍吓退了，只得在人群散去之后，来吃一顿 brunch（早午餐）。点了赫赫有名的大阪烧，大阪烧是关西地区的面食文化代表，与我们的蔬菜煎饼有些类似。帅气的厨师就在我们桌前的操作台上认真地制作起来，虽然客人很多、订单很多，但厨师沉着淡定、不慌不乱，以绝对的工匠精神完成每一道制作工序。终于，一道精致的大阪烧被整齐地摆放在餐盘上，厨师庄重地俯身低眉，用调料在大阪烧上画上美丽的图案。大阪烧制作完成，我们学着当地人的模样，先用特制的小铲子把大阪烧切成小块，然后从焦黄的边缘开始吃起，表皮焦香酥脆，里面鲜嫩多汁，让人赞不绝口。

饕餮之后，我们坐地铁去海游馆，这是世界上最大级别的水族馆，以拥有巨大的鲸鲨而闻名于世，它不仅仅是孩子们的天堂，也是大人们的乐园，我们准备把今天剩余的时间都花在这里。无数海洋生物着实令人眼花缭乱：密密麻麻的彩色小鱼在水里画出一道彩虹；庞大的沙丁鱼群卷起一阵猛烈的"海底风暴"；海豚最是亲近人群，隔着厚厚的玻璃温柔地亲吻小朋友的小手；白鲸也来凑热闹，摇摇尾巴点点头，微笑着向人群致敬；海豹最是淘气，在水槽里上蹿下跳；当巨大的海龟和魔鬼鱼从头顶慢悠悠地滑过时，人们都驻足观看；更为震撼的是鲸鲨，虽然身躯庞大，但在水里依然灵活自由，欢呼的人群顿时鸦雀无声，屏息凝神地看着这般庞然大物从眼前游过，它们可是海游馆里的镇馆之宝；还有可爱的海狮和海獭、憨厚的企鹅、细如鞋带的鳗鱼、如丝飘荡的水母、长相怪异的巨骨鱼、各种各样的贝类和海螺……互动区里最热闹，大人小孩都开心地伸手去触摸魟鱼和小鲨鱼。海底世界多姿多彩，海底生物神秘有趣，我们远远地观看就好，不要轻易去打扰，更不要贸然去侵犯。

第二天上午去梅田逛街，乌泱乌泱的人群蔚为壮观，大包小包已不足以满足人们的购物欲望，大箱小箱里塞满琳琅满目的商品，人群中有许多来自国内的代购者，他们以横扫千军的气势在商圈里的各个店铺扫荡，大到家电，小到糖果，但凡是合理合法的物件，只有你想不到的，没有他们买不到的。

下午到机场时，长长的队伍里都是拖着大箱小箱等待检查的乘客，负责检查的工作人员见我们一家三口只有一个20寸的登机箱，一副不可思议、不敢相信的表情，直到我打开行李箱，把新买的零食、电动牙刷和面膜都悉数摆在他面前，任由他翻看检查后，他才一脸狐疑地把我们放行。想来也不怪他，大阪机场熙熙攘攘的人群里，像我们这样轻装出行的人着实不多。

几次来到大阪，都曾见识人山人海，我们都是轻装出行，不想增加负担，更不想负重前行。毕竟，我们只是路过而已。

舌尖上的禅意

京都作为日本的千年古都，拥有丰富多彩的美食文化，在时令、料理、器皿、环境及文化等方面都获得诸多赞誉。京都之迷人，不只在景，也在舌尖。

众多京都美食中，最为顶级的当属怀石料理。所谓"怀石"，源于禅道，意为在胸怀之间放着石头的行为，因为在长久听禅中不得进食，禅僧怀抱温热过的石块，以减少腹中的空寂感。怀石料理起源于日本茶道，为避免空腹品茶带来的不适感，被人誉为"茶圣"的千利休创出"茶怀石"，即为品茶前，由主人为客人准备的菜肴。现今，怀石料理不再局限于茶道，而是成为日本常见的、极负盛名的高档菜色，且不顾现代生活的节奏飞快，依旧保持着优雅十足、极具禅意的仪式感。

怀石料理是日本传统的三大料理之一，与之齐名的是会席料理、本膳料理，三者之间有所区别。怀石料理如茶，讲究清雅意境与精神诉求；会席料理逐渐剥离茶道，是以酒为中心的宴席料理，并伴以歌舞，追求热烈气氛；本膳料理可谓是最基本、最正宗的日本料理形式，更重视仪式感，只在婚丧嫁娶等正式场合可见，在菜单、用餐礼仪、服装等方面均有严格规定。

怀石料理不仅仅是一套精致的餐食，更是一种极具禅意、严谨庄重的饮食文化。怀石料理餐厅大多以传统的日式建筑为主，环境优美僻静，可谓是"大隐于市"，具有神秘氛围。礼节和服务亦是怀石料理的重要环节，众多的怀石料理餐厅都会为客人做好餐前准备，包括清洁的拖鞋、温热的毛巾、食物产地标注等，客人可充分感受其独特的仪式感。

怀石料理尤为尊重时令交替、注重食材与季节的自然配合。随着季节变迁，食物呈现出不同的色彩与味道，怀石料理最为擅长捕捉食物的色鲜味美，春之勃勃生机、夏之轻盈美感、秋之饱满厚重、冬之含蓄凛冽，尽显食材的原汁原味。怀石料理餐厅通常会根据时节更新菜单，在器皿方面也甚是讲究季节元素，春夏宜用清凉的玻璃器和青花瓷，轻盈通透；秋冬则换成色调温暖、质地厚重的陶器。怀石料理带给人们的感受是融于时令的食物觉醒，也是回归自然的朴素之味。

怀石料理的最初形态为"一汁三菜"，是指一道汤品、一道刺身、一道煮菜、一道炸菜或烤菜。现今的怀石料理可简可繁，在此基础之上拔高规格，大大小小可有十数道菜；上菜顺序和节奏也很是讲究，通常从餐前开胃菜先付、八寸开始，到向付、盖物、烧物等一步步将味觉体验推向巅峰，然后以御饭、香物、止碗等清口解腻，最后以应季甜品水物结束一餐。不同餐厅的菜品和上菜顺序或许略有差异，但追求的怀石料理禅道意境很是一致。

先付和八寸是怀石料理的前奏。先付即是开胃小菜，类似于凉菜，量小，口味多样。先付一般使用当季最为新鲜的食材制作，常见食材有鱼贝类、鸡禽类、肉食类、蔬菜菌菇类及豆制品等；常见制作方法有盐搓、酒洗、醋洗等。八寸，原意为千利休用来盛放食物的八寸杉木方盒，渐渐演变为其中盛放食物的代名词。八寸是以季节为主题的餐前小菜，多为色彩鲜艳的山珍与海味搭配，以强烈的季节感作为料理故事的开场白。

前奏之后，接下来的向付、盖物、烧物是怀石料理前半部分的高潮。

向付是时令的鱼肉刺身，春季的鲷鱼、夏季的鳢鱼、秋季的金枪鱼和冬季的河豚都是高级食材，产地、刀法和调味等都是决定向付鲜美程度的重要因素。盖物是指有盖食器装盛的食物，通常为汤品，口味清淡、细腻且浓厚，常见食材有鲷鱼、海鳗、松茸、螃蟹等。烧物是重头戏，一般是时令的鱼肉烧烤，盐烤和熏烤更突出原汁原味，幽庵烧和照烧则更具季节特征，厨师可以尽情发挥。

酢肴、中猪口和强肴是怀石料理后半部分的巅峰。酢肴也叫醋菜，是以醋腌渍的水果、鱼类或蔬菜等，量小精致，用来清口以便迎接下面的主菜。所谓"猪口"，是指盛放料理的容器，而中猪口则指其中盛放的酸味汤食，用以开胃和调整口味。强肴可视为怀石料理的主菜，是主食前面的最后一道菜肴，一般为烤制或蒸煮的牛肉、禽肉、鱼肉等，时令特征明显，春天炖鲜笋、夏天烤牛肉、秋天的海鲜火锅和冬天的河豚火锅较为常见。

最后一道正菜是御饭，是指临近餐后的以米为主的主食，配菜会根据时令变换，竹笋是春季御饭的不二之选，夏季时节的莲藕、芋头和时令鱼类均可入饭，秋季的松茸是上品，冬季则以豆腐、萝卜等温补食材搭配米饭。与御饭一同上桌的还有香物和止碗，香物是日式腌菜，止碗是饭后汤品。御饭与香物、止碗之后，预示着怀石料理即将结束，客人便不可再饮酒。

水物是怀石料理的尾声，是指餐后水果和甜点，水果通常为应季的新鲜水果，甜点一般为传统日式甜品，抹茶类最为常见。

怀石料理既有生食也有熟食，食材的制作涵盖腌制、盐渍、蒸、煮、烹炸、烤等多种料理方式，但很少浓油重酱，而是格外重视四季交替、珍视食物本味，怀石料理分量较少，十分精致，虽是朴素之味，价格却是昂贵。

怀石料理不以香气诱人，更以神思为境，不仅使人享受自然美味，更引领人们感受精神沉淀。若"吃"可视为一门艺术，那么怀石料理便是这门艺术里的极致境界。

在京都小住

京都位于日本西部，是大阪都市圈的一个重要城市。自 794 年桓武天皇迁都平安京，到 1868 年东京奠都为止，京都一直都是日本的首都，素有"千年古都"之称。长年的历史积淀使得京都拥有相当丰富的历史遗迹和日本传统文化，是日本人的精神故乡、日本文化的源点和象征之地。

当我执笔写京都之旅时，电影《在京都小住》正当大红大紫。在东京辞职的佳奈为了照顾受伤的舅公，在京都小住数日。从一份清单和一份美食地图开始，舅公每天都会给佳奈安排一些任务，她按图索骥发现和感受京都之美；之后，舅公拒绝推荐、禁止上网搜索，鼓励佳奈"自己喜欢的东西，必须自己去探寻"，她在舅公的指引和自己的找寻中，慢慢融入京都的慢生活，逐渐与生活和解，找回初心。

没有跌宕起伏的情节，没有华丽张扬的场景，简单的对话道出生活哲理，"明摆着的事，就不用说出来""褱中的晴""自己喜欢的东西，必须自己去探寻""人生有三道：升道、降道和没想到""是不是可以活得更简单一些呢？"诸如此类，越是简单，越治愈人心。看客们羡慕不已，纷纷表示想要拥有这样的舅公，但舅公却说："京都人心中都有自己的美食地图，谁都可以在这里成为地道的美食家。"

很是喜欢京都，我也曾在京都小住，也有属于自己的京都美食地图。看过电影之后，再细细回味我的京都之旅，竟有一种莫名的感动。我曾牵着爱人和孩子的手，闲情漫步间，在京都找到了自己真正喜欢的味道。

我在京都吃的一顿最有仪式感的早餐，是在瓢亭朝食。400多年前就开始创业的瓢亭，曾是人们去南禅寺参拜路上的茶屋，久而久之成为料亭，自古以来就拥有众多旅人粉丝。当时为了给宿醉后的旅人和艺伎们提供一个吃醒酒早餐的地方，索性开始提供以粥为主的朝食。如今，清晨的瓢亭已不见那些宿醉浪子的身影，匆匆赶来的大多是我这般专程早起慕名前来的旅人。

京都的慢生活，就从寻找一顿精细的早餐开始，朝阳初升之际，我们穿过京都的街巷，循着厨房的香气寻找心仪的早餐味道，学着当地人的模样，对早餐也是既执着又讲究。京都人把没什么了不起的食材煮成极致的美味，再加上层层叠叠的碗碟、五色分明的摆盘，既有生活美学又有视觉美感。坐下来细细品味食物本身的味道，细嚼慢咽之间，生活自在其中，不疾不徐，一身优雅，于缓慢中掌控生活格局。

瓢亭朝食更带有一种神圣的仪式感，尤其当那颗大名鼎鼎的"瓢亭玉子"出场，所有人的目光都被半凝固状态的蛋黄所吸引。这绝妙的半熟状态，无论是看在眼里还是品在嘴里，都有一种妙不可言的平衡，即使是像我这样不爱吃鸡蛋的人，也已欣然接受。

我在京都遇见最美的银河，是甘春堂的一道甜点。

甘春堂是创立于1865年的和果子店，现已传至第六代。和果子是一种经典的日式点心，主要原料为豆沙、糯米粉和糖，季节不同，食材和造型也会应季而变。这些再普通不过的食材，经匠人们的精心制作之后，变成一个个精致得如艺术品般的和果子。

甘春堂在七夕前推出的一款应景又应时的羊羹甜点，名为"天之川"，也叫"银河羊羹"。初见时，深蓝色的璀璨星空令人一见倾心，而其丰富的内在更是令人回味，"天之川"将牛郎与织女的故事完美地融入其中：点缀着闪闪繁星的深蓝色及紫红色的琥珀羹，象征着七夕的夏季星空及"天上"；中间一道白色的味甚羹象征着将天上与人间分隔成两个世界的"银河"；底部的红豆羹象征着"人间"。虽是七夕，但"天之川"没有堆砌玫瑰、爱心等元素，而是选择银河来解读爱。品尝时，琥珀羹的清凉与红豆羹的醇厚相互碰撞，初抵舌尖的惊艳渐渐转为回味，像极了初时甜蜜、日益缠绵的爱情，即使"银河"横亘其中，也阻挡不了感动，这应是爱情最好的模样。

我在京都喝了一杯特别奇葩的酒，是在和尚酒吧。辉哥和小睿留在民宿里玩，我独自一人，趁着夜色朦胧去寻找一家名叫"京都坊主 BAR"的酒吧。坊主，在日语里意为"和尚"。和尚喝酒，在我们的文化里是一件不可思议的忤逆之事，更何况是开酒吧？而在日本，和尚是一种职业，与坐在办公室里的白领并无本质不同，他们可以饮酒吃肉、娶妻生子。

京都坊主 BAR 是目前京都唯一一间和尚酒吧，藏身于街巷深处，深灰色的墙，古旧的木门，没有暖帘也没有灯笼，只在墙上挂着一块不起眼的黑色招牌，若不是慕名寻找而来，很容易就错过。酒吧内的装饰很朴素，柔和的灯光、整齐的酒柜、木方桌、和式包间，与传统酒吧无异。唯一不同的是，传统酒吧的呼叫铃被吧台上的佛教用具铜钵所替代，用铜钵里的研磨棒轻轻一敲，"嗡嗡"声绵延不绝，颇有寺庙的意境。

京都坊主 BAR 的老板羽田先生，是净土真宗本愿寺的住持、酒吧老板兼调酒师、IT 公司老板、父亲，四重身份和谐共存于这位年仅六旬的和尚身上。"寺庙太严肃，开间酒吧普度众生"是羽田先生开酒吧的初衷，并非玩笑。酒吧的鸡尾酒取名也充满佛教色彩：色即是空、烦恼炽盛、爱欲广海、诸行无常、黄泉之国……羽田先生身穿袈裟，忙时专心调酒，闲时与酒客畅谈人生。面对酒客的红尘烦恼，羽田先生通常的回答是"为什么要……"或是"这也是没办法的事"，与电影里舅公所说的"明摆着的事，就不用说出来"，大有异曲同工之妙，看似漫不经心，却是饱含禅机。

　　那晚不见月亮，我点了一杯"诸行无常"，羽田先生会根据当天的心情、配菜和氛围等元素，为酒客提供不同的酒，所以"诸行无常"只是一个名字，而不是一种特定的酒，意为"没有什么是永恒不变的"。那晚的"诸行无常"有一些清冽、有一些苦涩、有一些惊喜、有一些回甘，未曾喝透这杯酒，但我大致也懂得，这正如世事变幻无常。

　　在京都小住的时光，我找到了自己真正喜欢的味道，许久以后再忆起，当时的欢喜犹在。如今期待下一次京都之行，我要像佳奈和舅公一样，坐在鸭川边上喝杯咖啡。

不只树深处见鹿

　　奈良是一座历史比京都还要悠久的古都，虽然同受唐韵遗风的深远影响，但在奈良，游人能感受到一种比京都更为悠闲、松弛的气氛，这在很大程度上要归功于被誉为奈良天然纪念物的奈良鹿。

　　奈良鹿的历史如这座古都一般悠久，710 年，奈良成为日本首都，名为"平城京"。据传说，春日大社的祭神武瓮槌命是从茨城县的鹿岛神社骑着白鹿而来的。自古以来人们就认为鹿是神的使者，神圣而尊贵，自此奈良便成了大鹿苑。小鹿们在此自由自在地生活、繁衍，在这神鹿光环的"加持"下，奈良鹿代代繁殖至今已有 1300 多年。

　　一千多年以来，奈良鹿与奈良人和谐相处，但鹿与人并不是宠物和主人的关系，奈良鹿全部都是野生鹿，它们亦是奈良的一员。奈良人早已学会与鹿共存，并采取诸多措施保护小鹿，为防止小鹿误食垃圾，奈良市内几乎没有垃圾桶，垃圾只能放至指定地点；为防止小鹿发生交通事故，奈良的驾校课程里有专门针对鹿的交通安全教育，市内随处可见注意小鹿穿行的交通警示牌；为照顾小鹿的睡眠，奈良公园里的灯光被人为地调暗；公鹿恋爱、母鹿生产等特殊的季节里，它们的性情会变得暴躁，聪明的奈良人会自觉地减少与鹿的接触，既保护自己也保护小鹿。

奈良鹿是日本鹿，属于日本的原生品种，公鹿平均寿命 15 岁，母鹿平均寿命 20 岁。公鹿与母鹿过着雌雄分居的集体生活，听来似乎矛盾，但是界线分明，白天时它们集体"上班"，啃草地、吃仙贝或是卖萌，晚上则自觉分居，公鹿群和母鹿群各自到固定的地点睡觉。夏天是鹿的繁殖期，一头公鹿会与数头母鹿一起，过一段短暂的一夫多妻的生活，等繁殖期结束后，再回归正常生活。

奈良鹿是草食类动物，主要以青草、树叶为食，奈良的树林里能看到一条有趣的"鹿摄食线"，地面至树干约两米处的枝叶都被小鹿啃食殆尽，之上又是枝叶婆娑的繁盛景象。奈良市内的草食通常不够，尤其是在草木匮乏的冬季，奈良人为小鹿特制了"小零食"鹿仙贝，用无糖无油的小麦粉、米糠制作而成，连捆绑鹿仙贝用的纸也是可供小鹿食用的。除此之外，橡果也是小鹿十分喜爱的零食，日本其他区域的爱鹿人士每年都会给奈良鹿们寄来"口粮"。

奈良鹿的毛色会随着季节的变化而变化：春天，鹿群开始第一次换毛，浑身换上轻薄、光滑、油亮的棕黄色皮毛，梅花斑点清晰可见，使得小鹿看上去尤为精神矍铄；秋天，鹿群开始第二次换毛，浑身披上一层脂肪，换上厚重的茶色皮毛以便过冬，此时小鹿的皮毛略显杂乱，梅花斑点也被遮盖，小鹿看上去少了些精致。

若是自然生长，公鹿们的鹿角会在二三月份自然脱落，四月开始长新鹿角，但为了避免公鹿相互攻击或是顶撞行人，每年十月都会在春日大社境内的鹿苑举行切鹿角的祭典，是奈良的经典祭典之一。十月，鹿角已成熟干硬，神职人员将公鹿赶进祭典会场，在神官的指示下进行鹿角切除仪式，鹿角内没有神经，切除时公鹿不会有疼痛感，但它们仍会拼命挣扎，场面甚是热烈。

李白写有诗句"树深时见鹿"，但在奈良，远远不只树深处，随处都可见到小鹿的身影，据统计，目前奈良鹿的数量已经突破 1400 只。奈良鹿已经成为这座古城的名片，来到奈良的人们，无论是顺便还是刻意，都会与这些可爱的精灵们来一次亲密接触。小鹿们悠闲地在街道上、公园里、树深处漫步，置身其中，犹如置身于童话世界。

在日本的文学作品当中，鹿的身影常有出现，《小苍百人一首》用这样的诗句描写奈良鹿："有鹿踏红叶，深山独自游。呦呦鸣不止，此刻最悲秋。"在诗句的意境里，秋天的鹿鸣等同于秋天的季语，尽是悲秋和物哀的情绪。我们在枫叶绯红的深秋来到奈良邂逅小鹿，并无秋天的忧愁和悲伤，却是满心欢喜。

时值枫叶季，奈良热闹非凡，四处都是火红的枫叶、欢喜的游人和萌萌的小鹿，这般情景，我是难以将它与"悲秋"相关联的。小鹿已经披上厚厚的茶色外衣准备迎接冬天的到来，虽然没有鲜艳的梅花斑点，但它们眼睛里依旧闪烁着星星般的光芒，那模样真真让人心生爱怜。

小睿本是害怕小鹿的，但几次投喂鹿仙贝，小鹿们都很温柔友好，遇到礼貌的小鹿，还会频频点头鞠躬致意，小睿很快就学会了与鹿亲密接触的方法。鹿仙贝投喂完之后，小睿晃了晃捆纸，然后举起双手跟小鹿们说再见，小鹿们凑过来闻了闻小睿，便慢悠悠地走向别处。

午后，秋日的阳光温暖但不灼人，从春日大社出来，我们走在表参道上，两旁是原始树林，古木参天，遮天蔽日，阳光穿过婆娑的枝叶，只剩下斑驳的光影落在林间，独有一番韵味。这里游人罕至，无人投食，小鹿也罕至，与奈良公园里人鹿喧闹的景象形成强烈对比。我们本已无心看鹿，但在不经意间蓦然回首，身后的一块空地被穿透枝叶的阳光照亮，空地上站着一只雄鹿，丰腴的躯体像一座巍峨的山，它正瞪着炯炯有神的眼睛看着我们，之后，悠悠地转身走向树林深处。这画面，不禁让我想起宫崎骏的漫画《幽灵公主》，白天，森林之神麒麟兽正是一只雄鹿的形象，到了夜晚月亮升起时，它便幻化成荧光巨人，能赋予万物生命，也能夺走一切生机。这只转身走向树林深处的雄鹿，在月夜时会幻化成神吗？

夜宿奈良

奈良位于日本纪伊半岛中央，属于日本地域中的近畿地方，土地面积约 3690 平方千米，其中 77% 为森林和土地，森林覆盖率高达 63%。奈良古称平城京。自 710 年建都起，日本吸收唐长安、洛阳的规划，并结合自身的实际情况建设平城京。奈良作为历史性的遗产，已列入世界文化遗产当中。

奈良毗邻京都，往返交通方便、耗时较短，很多游客都会选择奈良一日游，我本也如此计划，但京都的朋友告诉我，夜晚的奈良才是真实的奈良，夜晚的奈良有诸多惊喜。我是个感性的人，朋友的只言片语轻易就打动了我，于是决定在奈良留宿一夜。

正值枫叶绯红的旅游旺季，这座古城的气氛也被晕染得很是红火。白天的奈良热闹非凡，四处都是欢喜的游人，但主角是四散在公园各处的可爱的小鹿们，它们或悠闲漫步，或闭目养神，或低头吃草，或享受游人投喂的仙贝。街边店铺的生意如这漫天的枫叶一般红火，餐厅、便利店、小吃店、纪念品店、茶饮店……家家皆是门庭若市。这般盛况，让我误以为奈良的夜晚也应是热闹非凡。

夕阳西下，气温开始下降，奈良的热闹也迅速降温，游人快速散去，店铺陆续关门。待到夜色朦胧时，若草山下的街上游人寥寥无几，街边的店铺尽数关闭，只剩下几家旅馆亮起昏黄温暖的灯，有些小鹿已返回树林，有些小鹿还在街上闲逛，有些小鹿已在树下打盹，有些小鹿在若草山的草坡上吃草。

比起白天的热闹非凡，我更喜欢夜晚时宁静自若的奈良。人潮散去，喧嚣退去，奈良才羞涩地露出最真实的一面，朦胧的月光下，奈良的温柔似风、宁静如水，虽已入秋，依旧温暖。秋风阵阵，更加赋予奈良以灵气，那些长满青苔盘根错节的树木仿佛都活了过来，就连那些长明灯、建筑物和山岭也都像是有了呼吸。

漫步在无人的公园，不远处的树林云雾缭绕，仙气弥漫，充满灵性的奈良已被鹿族接管，公路上偶有汽车呼啸而过，但与鹿族无关。此时此刻，它们才是这片土地的主人，人类不过是过客罢了，恍惚间似乎看见宫崎骏的《幽灵公主》，小树精在不远处的树梢若隐若现。

沿着无人的路向若草山走去，在拐角处，忽然遇见一只迎面跑来的小动物，未曾料到会出现这样一幕，我们三人都怔怔地站在原地，看着这只突如其来的小精灵发呆。而它，想必也是未曾料到这个时间出门竟然还能遇见人类，只见它抬起前脚、伸长着脖子惊讶地看着我们，相对无言，时间仿佛静止了一般。

"啊！是只小浣熊！"小睿惊奇的叫声打破了夜空的宁静。

小浣熊缓过神来，嗖溜一下从小门跑进若草山，消失在浓浓夜色中。一只小鹿跟随着它的步伐，也从小门钻进了若草山。若草山有一面平整的草坡，坡顶地势高，视野佳，当是观赏夜景的好去处。我们跟随着小精灵们的脚步，侧身钻过小门，走进若草山。

夜色正浓，若草山公园里颇为热闹，俨然成了小鹿们的天堂，小鹿们要么已然入梦，要么闲情漫步，要么低头吃草，只是未再见到小浣熊的踪影，或许是跑到坡顶欣赏夜色去了。我们走上草坡，朝着坡顶的方向走去，随着地势升高，远处的夜景一点一点地呈现，城市的灯火犹如繁星点点，照亮了远处的天地，再抬头看看头顶的天空，亦是布满闪闪繁星。我们置身于满眼的繁星之间，浪漫如此真切，这不正是李白诗里所写的"手可摘星辰"的画面吗？奈良的夜如此的宁静，尽管内心无比喜悦，我们亦是"不敢高声语，恐惊天上人"，只能按捺住内心的激动和波澜，把感动融化于无言间。

从若草山上下来，空旷的街上有一家三口在放烟花，绚丽的烟花在黢黑的夜空下尽情地绽放，无人欢呼，各自静静地欣赏。烟花起，烟花落，如此短暂，美好又迅速地藏匿于夜间。放烟花的人家邀请我们加入，这突如其来的惊喜令人感动，小睿接过小朋友递来的小烟花，眼里闪耀着五彩的光芒，一半是烟花的倒影，一半是突然的惊喜。我们已经很久没有看过烟花了，平常日子在自家门口放烟花，更是一件只可想象不可实现的事情。今天不是什么特殊的节日，这个小家庭把我们眼里的"烟花盛事"搬进了日常，怎能不令人触动？

拥抱过漫天的繁星，看过只属于我们自己的烟火，连梦都是甜的。清晨，美梦犹在，一阵轻柔又清脆的敲门声将我唤醒，起身，开门，门口没人，敲门的是一只可爱的小鹿，它正瞪着圆溜溜、水汪汪的眼睛看着我，仿佛在问：'我的鹿仙贝呢？'清晨小鹿来敲门，如此美好的事情正发生在眼前，我竟不敢相信自己值得拥有，这究竟是梦境还是现实？

小鹿见我迷糊，又用蹄子敲了敲门框，我终于确定这不是梦境，不禁惊喜得大呼："快来啊！小鹿来敲门啦！"

辉哥和小睿闻讯，鲤鱼打挺般地从床上一跃而起，扑到门边看到精灵般的小鹿，也是惊喜不已。小睿从包里拿出鹿仙贝来喂小鹿，小鹿伸出舌头把鹿仙贝卷走，美美地咀嚼。一袋鹿仙贝尽数吃完，小鹿美美地舔舔嘴，然后礼貌地点头鞠躬致谢。早就听闻奈良的小鹿会鞠躬，原来并非传闻，这只会敲门、会鞠躬的小鹿，是神仙派来的吗？

如果不是夜宿奈良，我不会知道奈良的夜和繁星如此温柔，也不会在朦胧月色下遇见浣熊，不会在清晨遇见小鹿来敲门。奈良的夜如水，之后又曾无数次惊艳我的梦乡。

岚山的山，嵯峨野的野

　　一条奔腾不息的桂川，将一片土地分为南北两岸，南岸是岚山，北岸是嵯峨野；一座古老的渡月桥横跨于桂川之上，又将两岸紧密地连接。近年来，岚山及嵯峨野的旅游业迅速发展，外国游客蜂拥而至，许多观光导览资料都概括地将以渡月桥为中心的桂川两岸及周边地区，合称为岚山。因此，此岚山，非彼岚山也。

　　渡月桥得名于龟山上皇的诗作，当晚桥上没有云雾，龟山上皇吟出诗句"似满月渡桥般"（日语为「くまなき月の渡るに似る」）。渡月桥是岚山地区的中心地带，历史悠久，几经毁灭又重建，现今的渡月桥建造于昭和九年（1934 年），距今已有 80 余年，为了承重安全，渡月桥已改建成钢筋水泥的桥梁，但依旧保持着古代木桥的外观。长 154 米的渡月桥横跨桂川，已然成为岚山的象征。来到岚山的游人，几乎都会到渡月桥上走走、停停、看看，静立于渡月桥上，聆听脚下流水潺潺，微微闭眼感受轻风拂面的温柔、感受时光停滞的娴静。只道岚山风景好，岂能不识渡月桥？

　　据传说，龟山上皇吟诗时正是七夕之夜，渡月桥又被称为"情人桥"，与之相随的传说流传至今，情侣相伴走过渡月桥，爱情会更加牢固长久，但过桥时万万不可回头，若回头，必分手。不知这算是祝福还是诅咒，我更愿意相信，牵手过桥的情侣们都终成眷属。

渡月桥不止有诗词，有传说，还有著名的音乐。电影《名侦探柯南：唐红的恋歌》的主题曲名为《渡月桥～想念你》，也是电视动画《名侦探柯南》的片尾曲之一，歌曲由仓木麻衣作词和演唱，歌词以"唐红"为关键词，以"渡月桥"为主题，绝妙地平衡和融合古和风与现代性，再加上仓木麻衣那特有的深沉轻柔的嗓音，唱出了对无法忘怀之人的深深恋慕之情。

桂川的南岸是岚山，真正意义上的岚山。岚山享有"京都第一名胜"的美誉，春可赏樱花，秋可看红枫，夏日是清凉的避暑胜地，冬日有银装素裹的雪景，桂川在岚山脚下蜿蜒而下，一年四季流水潺潺。春樱与秋枫可谓是岚山的两大绝色美景，古代王公贵族常常泛舟于河川之上，随波飘荡欣赏岚山的春之粉樱、秋之红枫。

我们在晚秋时来到岚山，绯红的枫叶和金黄的银杏是岚山的深秋物语，随之而来的还有如织的游人。岚山公园坐落于保津川溪谷到达平野的位置，由龟山、中之岛、临川寺三个地区组成，范围广阔，相较于人流量尤为密集的渡月桥和步行街，更有山色空灵之感。

我喜欢这样的岚山，沿着山坡小径向上爬去，越往高处，游人越少，越是空灵，路的两旁多是苍劲的松树，樱树和枫树交错其中，樱树没有春日的芳华，红透的枫树把游人的目光尽数吸引，一阵秋风吹过，一片绯红便从天而降。登至视野开阔处，看见碧绿的保津川，像一条用翡翠打造的丝带蜿蜒在岚山脚下，水的碧绿与叶的绯红相映成趣，把眼前这一幕装饰成天然的、浓墨重彩的油画。保津川上有几条游船划过，坐在船上的游人应是幸福的，他们正在我所羡慕的画中游览观光。

周恩来在日本留学期间，也曾游览岚山，并写下数篇诗作。龟山区建有周恩来诗碑，碑的正面镌刻着周恩来所作的其中一篇白话诗《雨中岚山》：

　　"雨中二次游岚山，两岸苍松，夹着几株樱。到尽处突见一山高，流出泉水绿如许，绕石照人。潇潇雨，雾蒙浓；一线阳光穿云出，愈见姣妍。人间的万象真理，愈求愈模糊；——模糊中偶然见着一点光明，真愈觉姣妍。"

　　桂川的北岸是嵯峨野，这里曾是皇室的别墅所在地，也与一休和尚的身世紧密联系，传说一休和尚就住在嵯峨野的某座寺庙中。与岚山的山清水秀不同，嵯峨野更为精致优美，随意一座小桥、一处流水、一撮苔藓都是一幅雅致的画。

　　来到曲径通幽的筛月林，电影《卧虎藏龙》《艺伎回忆录》都曾在此取景，长约500米的蜿蜒小径，两侧是用竹枝围起的篱笆，篱笆外长满参天的野宫竹，笔直的竹子高耸入云，茂盛的竹叶遮天蔽日。观光导览资料里展示的筛月林，都是空无一人、唯有丝丝光亮穿透竹林照亮小径的场景，但在这游人如织的旅游旺季，筛月林的美只能抬头向上找寻，或是归于想象，短短几百米的竹林小径上，簇拥着来自世界各地的观光客，还有大大小小、高高低低的相机和三脚架。不过好在，尽管人声喧闹，竹林小径依旧清凉，当风轻轻吹过时，仍能听见竹林潇潇，犹如天籁之音。

　　我最喜爱嵯峨野的特罗克列车，虽也是人潮拥挤，但当小火车带着我们领略嵯峨野的野外曼妙时，我只关心途中的山水和红叶，无暇顾及人群的喧闹。

　　嵯峨野的小火车线路是日本唯一以观光为目的开设的，沿着保津峡行驶在保津川河畔，半开放式的车厢和复古的玻璃顶棚让两岸的美景一览无遗，行至山中，看尽四季流转，行于水畔，体会细水长流。司机很是体贴远道而来的游客，每每行至风景优美的地方，便会刻意地放慢车速，留给游人足够的时间欣赏并拍下两岸的迷人风景。保津川上，有人坐着小篷船游览观光，有人在湍急的河水中激流勇进，每每相逢，小火车上的游人和保津川上的游人都会热情地彼此呼唤。

正是深秋红叶舞落，小火车带着我们穿梭在如诗如画的风景里，也带着我们穿越了时光，春樱夏月、秋叶冬雪皆在眼前闪现，四季之景令人回味。此时站在岚山上看我们的人，想必也是羡慕我们的。

岚山的山苍劲，嵯峨野的野曼妙，举目皆是诗画般的风景。

第二辑　法国

爱上马卡龙

在巴黎的街头闲逛，琳琅满目的橱窗令人应接不暇，而五彩缤纷的马卡龙，最是令人赏心悦目。马卡龙作为最性感的甜品贵族，魅力如旋风般席卷全球，从巴黎到东京，从伦敦到上海，它从未停止过取悦人们的味蕾。马卡龙是名副其实的甜品界"绝代艳后"，而它与电影《绝代艳后》之间，亦有着不解之缘。

2006年，索菲娅·科波拉执导的电影《绝代艳后》上映，影片讲述了风华绝代的法国王后玛丽·安托瓦内特的传奇人生。影片中，科波拉用马卡龙做成金字塔装饰凡尔赛宫，马卡龙的缤纷颜色与华丽长裙的颜色交相辉映，完美地彰显玛丽皇后的奢侈生活。

一半是由于电影主题需要彰显奢华，一半是由于马卡龙恰好彰显奢华，影片中富丽堂皇的场景和服饰，让马卡龙与法国宫廷的奢华生活紧密相连，马卡龙与电影《绝代艳后》相互成就，其尊贵、奢华的寓意深入人心。

马卡龙作为一款时尚的法式甜品为世人所知，但实际上，它是不折不扣的意大利甜品，早在8世纪便已出现在意大利。16世纪中叶，佛罗伦萨的贵族凯瑟琳·梅迪奇嫁给法国国王亨利二世。虽然身处王室，但毕竟远嫁他乡，王后不久就患上了乡思病。为了博得王后欢心，国王命令厨师学习制作王后家乡的马卡龙，以解王后的思乡之愁，口味独特的马卡龙随即成为当时宫廷中最受欢迎的甜品。从此，这款意大利甜品便在法国流传开来。

马卡龙刚传到法国时，只是一款简单的蛋白杏仁饼，没有夹心，也没有其他颜色。大胆的法国大厨们发挥丰富的想象力和惊人的创造力，尝试将不同的水果、果酱，甚至咖啡、巧克力等加入面糊，做出五彩缤纷的简单马卡龙。

在浪漫的法国人看来，这还远远不够，单片的马卡龙过于单调，缺乏内涵。于是，他们又大胆尝试，做出多种多样的馅料，平常如水果馅、坚果馅，奢华如鱼子酱馅，更有奇特的墨西哥辣椒馅，两片色彩鲜艳的杏仁饼片夹上口味多样、层次丰富的馅料，便成了富有内涵和灵魂的马卡龙，亦如人生，酸辣甜咸尽在其中，丰富多彩且耐人寻味。就这样，马卡龙在法国得以发扬光大，并被贴上浓浓的法式标签，它不再是一款甜品、一种美食，更是一种文化的承载。如今，马卡龙已成为巴黎的一种生活方式，并附着巴黎的气质，变得时尚且奢华。

一枚完美的马卡龙，在外观上便是一件令人爱不释手的艺术品。饼片表面光滑，泛着朦胧光泽；夹心周围的不平整边缘被烘烤成一圈漂亮的蕾丝裙边；五彩缤纷的马卡龙色更是主导近年来的流行风尚。

有人说，马卡龙的最佳搭档是日本抹茶或煎茶，茶多酚带些微微的甘苦，能很好地中和、淡化砂糖的甜味。我始终认为，在巴黎吃马卡龙，最佳搭档非咖啡莫属。当然，马卡龙是绝对的主角，咖啡是锦上添花，咖啡的强势味道不会抢走马卡龙内馅的清甜味道，反而更能衬托出马卡龙的清新与精致。

马卡龙的口感，绝不会辜负"甜品女皇"的称号，外壳轻薄、酥脆、爽滑，内馅绵密、松软、香甜，没有奶油的油腻之感，杏仁饼片的韧劲包裹着馅料，又给软糯的馅料增加了嚼劲，口感层次分明，甜糯恰到好处。轻轻咬上一口马卡龙，酥脆的外壳立刻在齿间碎散开来，滑落于舌尖，慢慢等它融化，那绵密香甜的美味在唇齿之间萦绕不散，待口中还流转着酥甜之际，喝上一小口黑咖啡，苦涩与甜腻在味蕾间剧烈碰撞，肆意地发酵、膨胀，最终苦尽甘来，令人回味无穷。除了咖啡，再没有更好的饮品能如此恰到好处地衬托马卡龙的精致，再没有更好的搭配能如此透彻地诠释马卡龙的层次分明。

马卡龙看似简单，制作原料不过是常见的蛋白、杏仁粉和糖，但它的制作工序纷繁复杂，且完美的马卡龙成品率低，这大概也是马卡龙价格昂贵的原因之一。在这个快速消费的时代，精益求精的甜品师们无视大众，依旧放慢脚步，秉持法国一贯以来的高贵冷艳气质和姗姗来迟风格，对马卡龙从选材到加工制作的每一步，都有着近乎完美的苛刻要求。

无论是美妙的黑森林蛋糕还是诱人的提拉米苏，抑或其他甜品，无一能与马卡龙的精致繁复相媲美，甚至有人为之叫嚣道："甜品界应该分为两个阵营，一个叫马卡龙，另一个叫不是马卡龙的高热量甜品。"事实上，也少有人会给马卡龙贴上"甜品"的标签，马卡龙就是马卡龙，如此特立独行，时至今日，它的每一个细节都仍旧散发着当年的贵族宫廷气息。

每个女孩心中都有两个巴黎梦，一个在香榭丽舍大街，一个在琳琅满目的马卡龙橱窗前。我在巴黎的街头，深深地爱上马卡龙。

巴黎时光

海明威在书中写道:"如果你年轻时在巴黎生活过,巴黎会一生都跟随你,因为巴黎是一场流动的盛宴。"每个人心中都有一座巴黎,无论你是否在那里生活过,你都无法否定它是"浪漫"的代名词。我曾在巴黎旅行,之后每每想起它,都会觉得那些时光如金、明媚无比。

春天的巴黎温婉甜美,已是草长莺飞、繁花似锦时,天气却仍旧像个调皮的小孩儿,刚刚还是晴空万里,转眼便是一场急雨,春风、春雨虽有情,但路上的行人仍会不自觉地裹紧衣服,抵挡这夹杂着盎然生机的春意微凉。

全城的樱花都尽数开放,开得让人心醉,我最喜欢去森林公园春游,繁花中也有绿意盎然,让人沉醉于春色时仍能保持三分清醒。卢森堡公园是一定要去的,它不仅仅是一个公园,更是一座艺术宫殿,四处都是古老的雕塑、充满艺术感的水池和花园,最惬意的事莫过于坐在水池边与鸽子一起晒太阳;战神公园最适合野餐,埃菲尔铁塔就在眼前,躺在草坪上与家人朋友共进午餐,或是去树林里边散步边听歌,都是春天里不可或缺的事情;还要去文森森林公园和布洛涅森林公园,巴黎的东西两大森林公园，满眼尽是绿色的植被和蔚蓝的水域，除了丰富的自然景观，还有有趣的人文故事。春意最是藏不住，无论是在哪个角落，巴黎的春色都令人心醉。

夏天的巴黎热情奔放，四面八方的游客都喜欢在这个季节涌向巴黎，天气仍旧是很调皮的，但它并不妨碍人们的旅行心情，多变的天气也是巴黎之夏的一道靓丽风景线。热情似火的巴黎人似乎不太喜欢颜色鲜艳的服饰，青灰、米黄、烟白等单调色更为主流，也更易于让人保持冷静。

阳光灿烂的夏日，穿上飘逸的裙子去景点吧，不用选太艳丽的颜色，巴黎之夏自带滤镜。位于蒙马特高地上的圣心大教堂最容易出大片，无论是气势宏伟的教堂，还是巴黎全景，都很适合做背景；塞纳河畔处处皆风景，不用将心思花费在选景和角度上，你只管纵情地笑，每一张照片都是明信片。如果你不喜欢拍照，那就去博物馆，卢浮宫、奥赛博物馆、蓬皮杜中心、毕加索国家博物馆、法国国家自然博物馆、罗丹博物馆、吉美国立亚洲艺术博物馆……博物馆是人类文明的精华，值得我们花时间慢慢逛，最好找个讲解员，帮助我们更透彻地理解博物馆的精髓。

秋天的巴黎丰满含蓄，当河畔的树木跟随秋意转了色，塞纳河就变成镶了金边的蓝色缎带。它将巴黎分成了左岸和右岸，却无法切割秋意的界限，塞纳河畔、埃菲尔铁塔下、卢森堡公园里……秋风所到之处，树叶都被染上一层闪闪发光的金黄色，秋栗子也在秋风的吹拂下熟透了，吧嗒吧嗒地掉了一地。不要为秋叶的凋零而悲伤，也不要为秋果的丰收而惊喜，巴黎的秋天不是萧瑟的，而是多彩斑斓的。

秋风将巴黎调成暖色调，我最喜欢巴黎的秋，不只有秋色，还有散布在街头巷尾的各式各样的咖啡馆，柔黄色的灯光就是咖啡馆里的秋色。普罗可布咖啡馆是巴黎最古老的咖啡馆，始建于 17 世纪，馆里流淌着古老的时光和浓郁的咖啡香。

花神咖啡馆以古罗马女神 Flore 为名，本身就漂亮得像一座花园，自1887 年创立以来，见证了历史上许多重要的时刻。点上一杯咖啡，坐在临街的卡座上，你大可以在此虚度光阴，徐志摩曾花费大量笔墨书写这家咖啡馆，许多历史名人也曾在此留下足迹。双叟咖啡馆始于 1812 年，与中国颇有渊源，其名字来自室内的一根柱子上雕着的中国的两个贸易商。它的咖啡不算太惊艳，但拥有世界顶级甜品店皮埃尔·艾尔梅（Pierre Hermé）的加持，整个下午茶都会显得格外美味，如果想要感受巴黎的味道，双叟咖啡馆可以满足你的想象。

冬天的巴黎热闹欢喜，大街小巷充满了喜庆气氛，仅仅是在街头闲逛着欣赏商家的冬日装饰，就是一件饶有趣味的事情。巴黎的冬天天气多变，天空常常是阴沉沉的，冬雨绵绵，寒意瘆人，游人们除了在商场扫荡大肆打折的商品，大部分时间都喜欢待在一个温暖的小酒馆或咖啡馆里，慵懒地打发时间。如果能有幸赶上冬日巴黎的一场大雪，那便是上天的馈赠。

如果你觉得巴黎的冬日总是天色阴沉，就在街头的甜品店买一盒马卡龙拿在手里，五彩缤纷的马卡龙不仅仅是甜品，更是艺术品，甚至高调地进军了时尚界。位于香榭丽舍大道上的拉杜蕾（Ladurée）总店总是人山人海，店面的装饰很华丽，却也不失浪漫和可爱，漂亮精致的马卡龙让人舍不得吃掉，令人爱不释手。青木定治（Sadaharu Aoki）是源自日本的马卡龙，结合日本特色，在形状、口味等方面都有令人眼前一亮的创新，有抹茶、柚子和梅子三种口味，深受欢迎。毋庸置疑，马卡龙是最能让人放下防备的美食，与减肥无关，它带给你的不仅是食物的五彩缤纷，还有甜蜜的心情。

我喜欢巴黎，那些巴黎时光曾惊艳和温柔过我的梦乡，我也常常想起它，想有机会再去巴黎的街头逛逛，去巴黎的公园踏青，去巴黎的咖啡馆虚度时光……巴黎虽好，却不是故乡，我只愿做个有情的过客。

阿尔萨斯葡萄酒路

阿尔萨斯（Alsace）坐落在美丽的莱茵河与延绵的孚日山脉之间，呈狭长形地貌，位于法国东北部地区，紧邻德国。由于其特殊的地理位置，阿尔萨斯成为德、法两大帝国几百年来的权力角逐之地。时至今日，人们依然能从阿尔萨斯的葡萄酒上找到德国历史的影子。

阿尔萨斯葡萄酒产区的风景优美，被评为"法国最美酒乡"，是许多葡萄酒爱好者心目中的向往之地。最著名的是阿尔萨斯葡萄酒之路，也是法国最古老的葡萄酒之路，始于 1953 年，沿着孚日山脉的东面向南延伸，路程总长约 170 千米，涵盖阿尔萨斯地区具有千年悠久历史的、超过 300 个大大小小的葡萄园。

我们到达阿尔萨斯时，正值深秋，法国大平原的秋天美得像一部不真实的童话，平原辽阔又豪放，金黄色的麦浪随着秋风荡漾，大片整齐的葡萄园像一幅幅金黄色的油画。因地理位置特殊，阿尔萨斯拥有多样而复杂的土质，在黄色或粉色的花岗岩上面，覆盖着冲积土和黏钙质土壤，再加上干燥的气候和丰富的日照，阿尔萨斯有着非常适宜于葡萄栽培的土壤和理想的日照条件。阿尔萨斯如今已成为法国顶级的白葡萄酒产区，法国三分之一的白葡萄酒都产于此地。

与法国其他葡萄酒以产地命名的方式不同，阿尔萨斯的葡萄酒是以葡萄的品种来命名。由此可见，葡萄品种在其酿酒中占有非同凡响的地位，这也使得像我这样不懂酒的人，也能毫不费力地感受到阿尔萨斯白葡萄酒的本来面目。

阿尔萨斯有四大"贵族葡萄"：雷司令（Riesling）、琼瑶浆（Gewürztraminer）、灰皮诺（Pinot Gris）和麝香（Muscat）。其中，雷司令和琼瑶浆都是源自德国的葡萄品种，目前已成为阿尔萨斯地区的主要葡萄品种，种植面积均超过 20%，但阿尔萨斯产区酿出的葡萄酒，却与德国酿制的葡萄酒风格完全不同，有人戏称，阿尔萨斯是用法国人的独特方法，酿造了日耳曼风味的葡萄酒。

深秋时节，葡萄已经熟透了，秋日柔和的阳光洒在一串串葡萄上，晶莹剔透如翡翠一般。我们在路边的葡萄田里找到了大名鼎鼎的雷司令，品相是很好看的，摘下一颗放在嘴里尝尝，并非如我想象的水果葡萄的香甜，成熟的雷司令仍有一种发涩的味道，口感不是太好，不适合作为直接食用的葡萄。或许正因为如此，它才没有被卖到水果市场，从而得以与时间为伴，在时光的流转间发酵、酿造，最终变成奢侈精致的白葡萄酒。

进入阿尔萨斯地区的葡萄酒小镇，我们发现了一个有趣的现象，这里的葡萄酒瓶与我们常见的葡萄酒瓶明显不同。它们的身材纤细，细长的瓶颈像是美丽的天鹅颈，这是阿尔萨斯高脚瓶，除了起泡酒外，阿尔萨斯葡萄酒通常都用高脚瓶，并受专门的法规保护。仔细端详，高脚瓶的外形像极了阿尔萨斯独特的、充满生机的狭长地貌，独具特色，让人一眼便将阿尔萨斯的葡萄酒与其他产地的葡萄酒区分开来。

阿尔萨斯的葡萄酒瓶是细长的，酒杯却恰恰相反，是敞口浅杯。我们常用的红酒杯杯体较深，外观优雅，最重要的功能是为了留住葡萄酒的香气，有足够的空间可以让红酒在杯内转动，并与空气充分结合、充分氧化，以令酒更加香醇。不同品种的葡萄酒适用不同种类的酒杯，阿尔萨斯的白葡萄酒本身就有独特的浓郁香气，细长的高脚瓶能很好地将香气保留在瓶内，不至于快速散去，当酒倒至杯中，阿尔萨斯杯的敞口能迅速地将香气散发，让人迫不及待想要尝上一口。不用担心杯中酒香会快速消失，阿尔萨斯杯的杯体较浅，可盛的酒量有限，恐怕还未等酒香散尽，酒已被酒客纳入喉中了。

多样化的土壤条件，使得阿尔萨斯地区产出了风格各异的白葡萄酒，有清新脆爽的干白、优雅馥郁的起泡酒，还有透着蜂蜜味的甜白。独具特色是阿尔萨斯的标签，除了酒瓶、酒杯外，阿尔萨斯产区的葡萄酒也很有辨识度，明快爽口，口感饱满，酒精含量适中。饱满的风味主要源于所选用的成熟葡萄与酒精含量之间的平衡，无须橡木桶来增添香气和复杂性，本身就足够浓郁香醇。

酒馆的服务员向我推荐了适合女性口味的花香型雷司令，我举起酒杯慢慢地晃了晃，浓郁的香气从敞口浅杯中飘散而来，一时间竟分不清到底是酒香还是花香。服务员示意我把酒杯举到柔光灯前来欣赏，清澈的酒水在晶莹剔透的阿尔萨斯杯中荡漾着黄绿色光芒，煞是好看，随着酒水的晃动，我仿佛能从酒杯中看到整片葡萄园，看到葡萄的生长，看到葡萄酒的酿成……举杯细细品味，这一口花香酒既有柠檬的清爽和玫瑰的醇香，又有蜜桃的香甜和荔枝的圆润，美妙的口感在舌尖流动，久久不会散去。我本是酒精过敏体质，但这花香酒并未让我感觉难受，浓郁的花香里夹杂着酒精的醇厚、葡萄的果香，还有些许回甘，与其说是酒，其实更像是加了酒精的果饮。

香醇浓郁是阿尔萨斯葡萄酒最突出的特点。也正因为如此，它也是大名鼎鼎的美食缔造者，著名的阿尔萨斯炖肉、酸菜腌肉、烤鹌鹑等，都少不了白葡萄酒的调味。浓郁的白葡萄酒，搭配风味同样浓郁的肉食，是阿尔萨斯人的最爱。

如果有机会到阿尔萨斯旅行，务必要放慢脚步，细细品品阿尔萨斯的白葡萄酒，所谓琼浆玉液，大抵如此；也一定要好好尝尝阿尔萨斯的佳肴，所谓山珍海味，不过如此。

一切都是最好的安排

阿尔萨斯葡萄酒之路从北向南蜿蜒 170 多千米，串起了 300 多个葡萄园、100 多个以生产葡萄酒为主业的小村镇，其中最著名的葡萄酒小镇，非希伯维列（Ribeauvillé）莫属。

我们定在深秋时前往希伯维列，正是那里最热闹的时候，连绵起伏的葡萄园变成了金黄色的海洋，新鲜酿制的葡萄酒即将出窖，许许多多的"酒色之徒"从四面八方赶来，他们都是有备而来的，游人贪恋这里的美丽景色，葡萄酒贸易商来抢收当季的好酒。唯一恼人的是游人太多，当地的酒店要么爆满，要么价格昂贵。

做攻略时，我一眼就看中那间位于葡萄园高地上的酒店，它远离喧闹的小镇，独享一份清静，视野开阔，能俯瞰辽阔的阿尔萨斯平原，只可惜它的价格远远超出我的预算，奈何囊中羞涩，只得另寻他处。

旅友推荐了一间民宿，位于希伯维列小镇的边缘，是一家历史悠久的酒庄，主楼一楼是酒窖，二楼是客房，附楼是酿酒坊，后院便是葡萄园。住过各种各样的民宿，但我们还从未住过酒庄，我在网上搜索到这家民宿，正好赶上促销优惠，价格非常合适，这真是一个理想的选择，我毫不犹豫地下单预订，不用预付房费，只需刷信用卡预授权，下单后不久便收到民宿的预订确认信。

似乎一切都很完美，我们对希伯维列之行满怀期待。然而，当一件事看上去太过完美时，它往往是一种幻象。

我们来到酒庄办理入住时，已临近傍晚。接待我们的是酒庄的老板娘丹妮，我们出示护照后，她在前台的电脑上折腾半天也没办好手续，我的内心飘过一丝丝不祥的预感……然后，她又问我要了预订确认信、信用卡号等信息，我一一出示。很显然，民宿预订出问题了，但问题肯定不在我这儿。丹妮打电话跟预订平台确认了我们的预订信息，之后便无奈地通知我们，由于订单传递出错，导致民宿的客房超卖，我们预订的客房已经被其他客人入住了，她只能撤销我们的预订申请，让我们另寻住处。

我的内心是失望的，但并没有过多的时间悲伤，天色已晚，在路上奔波了一整天，年幼的小睿已经很疲惫，我们急需找到落脚点休息。我在网上重新搜索当地的酒店，结果更加令人失望，正值旅游和葡萄酒交易的旺季，希伯维列的酒店基本都已销售一空，无奈之余，我只好打电话向订房的网站求助。

好在，订房网站还比较公正和人性化。客服详细了解了事情的经过后，明确地告诉我们，民宿的客房超卖，责任在民宿，她会协助我们获取赔偿，并帮我们安排今晚的住宿。这倒是出乎我们的意料之外，沟通在任何时候都具有重要意义，如果没给订房网站打这通求助电话，我们只好是自认倒霉。

客服需要时间去处理，我们决定先去小镇上转转。白天热闹非凡的希伯维列，随着夜幕降临，也渐渐归于平静，街上游人稀少，很多商店都已经打烊。我们各自低着头走路，气氛有点沉闷。

"想不到我们的葡萄酒路之旅，竟然是在希伯维列的街头流浪。"辉哥是个很乐观的人，他率先打破了沉默。

"什么是流浪？"小睿抬起头好奇地问道。

"看，我们现在就是在流浪啊！"辉哥举起双手，吊起单脚在街中心旋转，仰头深呼吸做享受状，"不过，这绝对是一次美丽的流浪，因为妈妈和你都在我身边啊！"小睿也学着辉哥的样子，在街中心旋转、嬉闹起来。

我被他们的对话逗乐了，心情也好了起来。抬头看看眼前的夜景，原来它是这么美，白天的希伯维列人声鼎沸，喧闹掩盖了它本来的面目，夜幕降临后，希伯维列开始呈现它的沉静和妩媚。餐厅和酒吧里依旧热闹，打烊的商店依旧亮着橱窗的灯，整个小镇都被笼罩在一层金黄色的光晕下，尚未入眠的鸟儿在枝头咕咕叫，为我们这些流浪的人讲述这个古老小镇的历史和秘密。

嬉戏打闹间，订房网站的客服回电了，希伯维列的酒店都满房，只有一家位置较偏的酒店能协调出一间客房，我们可以免费去住，只是交通不太方便，客服征求我们的意见。我们是自驾来的，交通倒不是什么难题。客服把酒店信息发来时，着实给了我们一个大大的惊喜。客服安排我们免费入住的，正是那家位于葡萄园高地上的酒店，因为远离小镇且价格昂贵，它是当晚唯一有空房的酒店。我们欣然接受了这个安排，谁说这不是最好的安排呢？

第二天早晨，我们在一阵鸟叫声中醒来，拉开窗帘走出露台，视野好极了，广阔的阿尔萨斯平原就在眼前，连绵起伏的葡萄园是一部美丽的秋天童话，这是一个自带风景的房间，位于小镇深处是领略不到这等辽阔的。

回想这几年的旅行，我们还从未遇到过客房超卖的情况，也从未体验过在街头流浪的滋味，虽然早对旅途状况频出深有体会，但无处安顿还是超出了我的心理承受范围。而当辉哥为这次流浪赋予寓意时，一切都变得美好起来。

当我们遭遇挫折时，气馁只会让我们心情糟糕，用心就会发现细微的美好就在身边，请相信一切都是最好的安排。

当酸菜腌肉邂逅法式浪漫

　　美食是旅途中不可或缺的部分，辉哥甚至坦言："风景可以不看，美食必不可少。"每次出行旅行，吃都是需要慎重考虑的问题。当我把法国阿尔萨斯的行程计划告诉辉哥时，他简直乐翻了天，早就听闻阿尔萨斯的美食与美酒，得偿所愿时，真是快哉。

　　由于地缘关系和历史纷争，阿尔萨斯有着德、法两国的混血血统，当地人大多都会讲德、法、英三种语言。当地的传统美食汇聚了日耳曼厨艺和法兰西美食的精髓，相对而言，拥有德国血统的占比更大些，无肉不欢，但也不失显著的法兰西气质，用料考究，做工精良，很多菜肴都加入了当地的白葡萄酒进行烹调，独有一番风味。传统的阿尔萨斯菜肴与法国的其他菜系比，更富家常味道和乡土气息，分量也是十分慷慨豪迈。

　　随着当地旅游业的兴旺，阿尔萨斯迎来世界各地的游客，为了更好地满足各国游客的口味需求，阿尔萨斯的厨师们除了保持当地的传统特色外，也不断发挥厨艺上的创造性，餐饮口味和风格方面都比从前有了很大变化。在面积不大的阿尔萨斯地区，有 20 多家大名鼎鼎的米其林餐厅，还有许多富有当地乡村情调特色的酒馆和餐厅等着游人去探寻。

　　我最期待的，是阿尔萨斯的传统美食酸菜腌肉（Choucroute）。据攻略上介绍，酸菜腌肉一定要搭配当地出产的白葡萄酒雷司令，这令我百思不得其解，酸菜很符合我们中国人的口味，却无法想象它怎能与傲娇的白葡萄酒搭配。当酸菜腌肉邂逅法式浪漫，会有什么神奇的化学反应呢？

　　我在网上选定一家评分很高、评论很赞的米其林餐厅，早早地前往餐厅等候就餐。餐厅的入口很不起眼，若不是门口人头攒动引人注目，很容易就会错过。门口挂着的牌子显示营业时间为 18:00—22:00，尽管已经排了长长的队伍，服务员也不曾提前半分钟开门。等候用餐的队伍里，有一大半是本地的土著"吃货"，其他便是像我们一样慕名而来的外国游客，看来这家餐厅并非是浪得虚名，有这么多当地人的"加持"，自然不用担心它的菜品口味不够正宗。

　　好不容易等到开门的时间，等待许久的客人在略显严肃的氛围里，保持着排队的秩序依次进入餐厅，安静地就座，不自觉间，大家都在默默地遵守着法餐的餐前仪式感。

　　餐厅并不是我们所想象的那般富丽堂皇，质朴的木建筑和简单的格子桌布彰显出这家餐厅的厚重感，餐厅内部空间紧凑却不会令人感觉拥挤，阿尔萨斯人对空间的利用也是做到了极致。餐厅不大，分成三层，顶层的楼高很低，成人不能完全站立，坐着刚好合适，相对于身材高大的法国人而言，着实显得"憋屈"，但并不影响他们优雅地用餐。

　　我按照出发前做好的攻略，点了酸菜腌肉套餐和鲜蔬炖肉套餐，两个大人一个小孩，两个套餐完全是绰绰有余的，但当服务员一趟又一趟地把菜品送上来时，其分量之慷慨和豪迈程度，依然把我们吓了一跳。每个套餐都配有餐前酒和餐前面包，套餐里包含若干份前菜、一份主菜和一份甜点。

　　酸菜腌肉是一道起源于德国、流行于法国的经典菜肴，是德、法美食融合的经典代表，在阿尔萨斯的很多餐厅都能吃到。酸菜的做法很讲究，把甘蓝切成极细的丝状，加少许盐腌制一段时间后，沥掉多余水分，再加上杜松子、丁香、豆蔻等调料，然后放在专用的陶锅里腌制。传统酸菜腌肉配以腌肉、火腿、香肠、培根、猪蹄等猪肉制品，而如今大厨们更是发挥想象力和创造力，大胆尝试引入鸭肉、海鲜等食材。法式酸菜的法门就在于此，各种肉类和酸菜的搭配都毫不突兀，口感非常和谐。再加入当地特产的白葡萄酒雷司令作为重要调料，经传承的日耳曼厨艺进行烹调后，香飘四溢，不愧为阿尔萨斯美食的领导者。

酸菜的酸恰到好处，使人生津却不至于令人皱眉；腌制过的甘蓝口感依旧新鲜清脆，还有一些嚼劲；腌肉不肥也不腻，肥瘦相间，肉质鲜嫩，经酸菜、白葡萄酒和各种调料的烹调之后，散发出猪肉特有的鲜香。尝过酸菜腌肉之后，我才真正理解它与白葡萄酒搭配的美妙之处，酸爽的蔬菜配上肥而不腻的猪肉和醇厚扎实的香肠，再来一口清澈剔透、口感清新的白葡萄酒，酒与菜肴在味蕾间碰撞出美妙的火花，当地特有的风味在唇齿间回荡，令人回味无穷。

所谓"天下美食一家亲"，法国人爱吃的酸菜，跟我国东北盛产的酸菜口味相似，酸菜腌肉没有令辉哥失望，一顿餐的时间，他都"合不拢嘴"，一边享受大餐，一边赞不绝口。酸菜腌肉与法式浪漫的邂逅，就是一场饕餮盛宴。

古堡探秘

据不完全统计，在法国境内，大大小小的各类城堡共有 1 万多座，其中比较著名的城堡就有 1000 多座，根据城堡的形成时间、原因和功能，大致可分为军事城堡、酒庄、宫殿等。每一座城堡都承载着厚重的历史，它们或许见证过一个王朝的繁盛与兴衰，或许曾目睹一个家族的悲欢与离合，也或许亲历过一场轰轰烈烈的战役。

从诞生之日起，军事始终都是贯穿城堡发展的主线。中世纪的欧洲四分五裂，没有清晰的边界，各国诸侯为了王朝霸业和版图拓展，竞相开山采石，不惜劳民伤财，大兴土木构筑城堡，中世纪城堡的历史，就是战乱纷争、遍地割据的历史。随着国家的稳定和经济的发展，城堡的军事防御功能逐渐丧失，人们不再以坚固、制高来要求城堡，城堡的发展主线转向生活和艺术，外观和内饰都愈加精美奢华，更为大胆地表现出贵族的享乐主义倾向。

时光流转，朝代更迭，曾经威震一方的霸主早已随他的金戈铁马灰飞烟灭，旧时的贵族也已销声匿迹，只留下饱经战火洗礼和风霜侵蚀的城堡。这些城堡有的已被废弃，有的改装成酒店或酒庄，有的装潢成宫殿或博物馆，它们分布在法国的各个角落，以不同的形式向过往的游人述说着昔日辉煌。

在法国旅行，绝对不能错过这个国家的城堡，在不计其数的法国城堡中，我和辉哥、小睿竟然不约而同地选择一座无名的城堡。

在一个夕阳甚好的黄昏，我站在酒店的露台向远处望去，连绵的孚日山脉上有一座古老的城堡，在落日余晖的照耀下泛着金黄色的光芒，在苍翠的山林间异常显眼。此后的许多次，无论我是再次站在露台上张望，还是开车行驶在阿尔萨斯的道路上，那座古堡都是一个神秘的所在，似乎在召唤着我。

我在网上查阅周边的城堡，没有找到关于山顶那座古堡的相关介绍，咨询酒店前台，她说那是一座废弃的城堡，有小路可以上去，一些当地的徒步爱好者会去那里，而外地游客会选择去大名鼎鼎的国王城堡。尽管没有详尽的信息，但只要有路可走，一切皆有可能。我把前往古堡探秘的想法说出来时，辉哥和小睿都表示双手赞同，心有灵犀，不谋而合。

第二天，天气晴朗，万里无云，是个适合户外运动的日子。我们在酒店吃过早餐后，便动身前往古堡。酒店前台帮我们画了简单的路线图，我们先穿过一片茂盛的葡萄园，再穿过一片郁郁葱葱的树林之后，才找到那条在茂密的草丛间蜿蜒向上的登山小径。那里有着明显的人工开凿痕迹，但小径很狭窄，只是简单地在草丛和荆棘间劈开一小块能容一人通过的狭小路径。显然，这个地方不是常有人来，也不准备迎接大量游人。

登山小径并不好走，路上尽是细碎的石子和松软的黄土，我和小睿都穿着皮靴，稍不留神就打滑，尤其是遇到高台阶时，须得小心谨慎留心步伐。前进的节奏很慢，好在那座金黄色的古堡始终都在视野范围内，虽不知它究竟有多远，但终归有目标在眼前，心里便踏实、坚定许多。

不时有一些当地的徒步爱好者超越我们，他们都脚着登山鞋，身穿登山服，背着运动水壶，一副专业户外运动的装扮和精气神；再看我们，一身休闲装扮，一副懒散模样，气质上就输人三分，频频被人超越，我们也只能甘愿落后。辉哥穿着跑鞋，行动便捷，对这种慢节奏爬山早已丧失耐心，趁着闲聊的功夫，他跟着两个跑步上山的小伙子一溜烟地跑没了影儿，把我和小睿远远地抛在后面。

登山小径拐了个弯，拐进一个小型的一线天里，古堡被耸立的山石和茂盛的树木遮蔽，目标从视野范围内消失，我和小睿瞬间像泄了气的皮球一般，坐在路边的石头上，久久也不愿再挪步。那座古堡看似近在眼前，但真正攀爬时就觉得遥不可及。

越过崎岖山路，我们终于来到古堡的脚下。古堡建在一块巨大的岩石之上，站在脚下向上望，古堡的高大宏伟令人油然起敬，外部轮廓仍然完整，往日的威严犹在。古堡呈三层结构，第一层最高，第二层和第三层明显要矮一截；古堡的右侧有瞭望台；三层大平台上有密布的小窗口。这些布局具有明显的防御性特征，我猜它应该是一个军事城堡。

古堡的圆形拱门仍顽强地耸立着，门洞不算大，但是城墙很高，易守难攻。我们顺着城门进入城堡，内部的坍塌比较严重，有些非承重墙已完全倒塌，还能看出完整格局的房间，空间不太开阔。一层的大部分区域都有"危险，勿入！"的警示牌，只有一条小路通向瞭望台所在的那座塔楼，塔楼的门洞很小，只能容　人正常通行，进入门洞之后是一个很狭窄阴暗的房间，穿过这间房，来到更加狭窄阴暗的楼梯间，只有一束光亮从楼梯口处照亮楼梯，其他区域均是黑暗的。楼梯是木质的，狭窄得只能容一人攀爬，连错身让行的空间都没有，也很陡峭，几乎呈90度挂在楼梯间里。我和小睿一前一后小心翼翼地向上爬，黑暗和陡峭令我感到恐惧，些许的光亮能带来些许安慰，好在楼梯两侧有稳当的扶手，才让我敢踏实地护着小睿向上爬。

不知道过了多久，我们终于爬到三层瞭望台的出口，辉哥正兴致勃勃地眺望远方，完全没有因为"逃跑"而愧疚。瞭望台不是很大，边缘处有半米多高、半米多宽的石墙围着，很安全。古堡的后方还有一座规模略小的城堡，规制、形状和建筑结构都与古堡很相似，所用石料也一样，应该是古堡的附楼。

站在瞭望台向远处望去，视野极佳，整个阿尔萨斯平原尽收眼底，广袤无垠，辽阔又浩瀚，天空时而乌云密布，时而晴空朗朗，与广阔的平原遥相呼应。登高望远时，最容易伤春悲秋，如果这是一个军事城堡，当年的霸主站立城头遥望山河时，该是何等的豪情万丈？如果这是一个私人城堡，当年的堡主于高处凭栏时，是否曾经预见过古堡会败落成今日的模样？

我站在瞭望台上方的矮墙上，气势也随之高涨了几分，犹如立马千山外，颇有临风饮酒的豪迈。望天上云舒云卷，看远处万里河山，我不禁想起陈子昂的诗句："念天地之悠悠，独怆然而涕下"，虽然不是一样的心境，但应是一样的内心澎湃。

里克维尔漫行

阿尔萨斯葡萄酒之路绵延 170 多千米，从北向南沿途分布着 100 多个小村庄，这些小村庄物产丰富、景色秀丽，大都保留着中世纪的独特风格。里克维尔（Riquewihr）是阿尔萨斯酒路上的一个古老村镇，位于酿酒区的中心地带，完全被围绕在防御城墙中，它也曾获得"法国最美村庄"的称号，但我更在乎的是它的别致和独具特色。

穿过古老的城门，呈现在人们眼前的是里克维尔的主干道，与其说是主干道，不如说是适合悠闲漫步的鹅卵石路，一眼就能望到尽头。路上的鹅卵石整整齐齐地平铺着，既坚硬又光滑，在经历多年的风吹雨打和无数游人的踩踏之后，变得更加圆润柔和，轻轻地走在路上，脚底会发出细微的吱吱声，那是鹅卵石在轻声述说这个古老村庄的厚重历史。

鹅卵石路的两旁分布着精致的房屋，大都是保留德国传统的木筋房，也有少数用鹅卵石建成的房屋，房屋之间紧密相连，看似拥挤，却别有一番滋味。浪漫的法国人在墙壁上涂上鲜艳的颜色、明丽的图画和漂亮的文字，彰显着里克维尔的热情和神秘。房屋周边的小花圃、围栏里、阳台上，但凡是可以利用的空间，都被种上一年四季皆繁盛的鲜花，为里克维尔增添更多的色彩点缀，体现着人们对精致生活的追求，表达着人们积极向上的生活态度。

店铺招牌也是里克维尔的一道靓丽风景线，大街小巷里有许多古老的传统店铺。它们的招牌都用锻铁制造，没有规则的形状，完全自由发挥想象，卷曲的装饰花纹像是恣意生长的葡萄藤蔓，每一个招牌都是一幅色彩鲜艳的漫画，每一个招牌都有一个鲜明突出的主题，有人物也有动物，有古老传说也有浪漫现实。农家小女孩去湖边赶鹅，米其林厨师兴高采烈地端出精心烹制的菜肴，可爱的小兔子们正密谋着偷吃爷爷菜园里的胡萝卜，传说中白鹳送子的故事也跃然于招牌之上……若有足够的时间，完全可以来一次里克维尔的店铺招牌主题之旅，每一个招牌都能让人读到耐人寻味的故事。

当我们正沉醉于店铺招牌里的故事时，忽然从屋顶掠过一片轻盈的洁白，一群形似仙鹤的鸟儿展翼滑翔、优雅地降落在不远处的屋顶上，欢快地唱着"哒哒哒……"，游人们纷纷驻足，面带宠溺的微笑，静静地抬头看着这些美丽的精灵。这是白鹳，是阿尔萨斯地区的吉祥物，也是阿尔萨斯的象征。

在古希腊文化里，白鹳是神圣之鸟，代表生育、纯洁、忠诚、财富和健康。阿尔萨斯人相信，白鹳来到谁家筑巢，就会给谁家带来幸运。白鹳非常喜欢接近人类居住的地方，通常在教堂的尖顶、居民的屋顶和烟囱上筑巢，当地人也常常在自家的屋顶和烟囱上修筑人工鸟巢，以吸引白鹳光临。

漫步在里克维尔的大街小巷，白鹳无处不在，当地人的围裙上、杯垫上、纸巾盒上到处都是萌萌的白鹳形象，还有花园里的铁质鹳、外墙上的陶瓷鹳、窗纱上的丝织鹳、烟囱上的飞翔鹳、纪念品商店里的送子鹳等等，更有趣的是商标和招牌上的葡萄酒鹳、啤酒鹳、蛋糕鹳、厨师鹳……人们不仅深情款款地表达着对白鹳的喜爱之情，也毫不遮掩地表达着希望白鹳给自己带来福祉和财富的美好愿望。

"白鹳送子"的传说在阿尔萨斯地区广为流传。白鹳很有灵性，落在谁家屋顶筑巢，谁家就会喜得贵子，临产前几日，当地的孕妇会在窗台上放几块方糖捎信给白鹳，白鹳很快就会给她捎来一个包着健康漂亮宝宝的包裹。当阿尔萨斯的孩子问父母"我从哪里来"时，得到的答案往往是"送子白鹳把你带来的"。阿尔萨斯的孩子们也都坚信自己是白鹳捎来的宝贝，如果他们想要个小弟弟或小妹妹，他们也会在窗台上放几块方糖捎信给白鹳，白鹳看到后，很快就会送来包着宝宝的包裹……

当然，"白鹳送子"只是个传说，真实的故事是房屋主人家有孕妇时，烧火取暖的时间往往比其他人家长，烟囱的温度更高、更温暖，而白鹳更喜欢在温暖的烟囱口选址筑巢，是孕妇吸引白鹳光临，而不是白鹳前来送子。尽管如此，人们依然愿意相信白鹳是送子的精灵，依然愿意将美好的愿望寄托于白鹳。

不知不觉间，我们已经走完里克维尔的主干道，来到出城的城门口，一眼就能看到尽头的一条鹅卵石路，我们竟然花了大半天的时间才走完。蓦然回首时，已是夜色朦胧，一层轻薄的蒙雾笼罩在里克维尔上空，华灯初上，雾霭弥漫，如纱如缎，如梦如幻。

带上你爱的人，去里克维尔吧。清晨的里克维尔适合漫步，清新宁静，白鹳欢歌，花儿绽放；中午的里克维尔充满人间烟火气，店铺门庭若市，游人欢声笑语；夜晚的里克维尔适合沉思，夜色朦胧，心绪飞扬。无论何时，里克维尔都是繁花似锦，徜徉在其间，像是穿越到动漫电影里的小镇，令人沉醉不愿醒。

猎人的树屋

阿尔萨斯地区除了美酒、美食和美景，周边绵延的孚日山脉间还有许多值得探奇的地方。在与当地人闲聊时，我们得知奥贝奈（Obernai）村外的森林深处，有一个很佛系的树屋酒店，保留着猎人生活的最原始模样，只接待熟悉或投缘的人。我央求他帮我联系预订，他很爽快地应承。

有当地熟人的推荐，树屋酒店的老板接纳了我们这样的不速之客，我生怕酒店老板又改变主意，匆匆告别当地人后，便马不停蹄地自驾赶往树屋。

离开里克维尔，穿过大片的葡萄园后，车子驶进一条森林之路。同在孚日山脉下，平原与森林完全是两个世界的风景，平原开阔平坦豪情万丈，森林古木参天深沉温婉。森林之路的两旁尽是参天大树，茂盛的枝叶遮挡了光线，森林里空气湿润清新，夹杂着淡淡的泥土和树木的芳香。曲折蜿蜒的道路不太宽敞，一路未曾遇见其他的车，独一辆车行驶在森林之路上，竟然有一种魔幻的穿梭之感，此时要是有个无人机，从俯瞰的视角拍下的定是无比壮美的画卷。

大约半个小时后，导航定位显示我们已经到达树屋的位置，举目四望，却未发现树屋的踪影。路边有个小村庄，零星散布着几栋屋子，都敞开着门，却未见有人，也未听见狗吠声，安静得都能听见松针落地的声音。无人可问路，我们只好开车绕着小村庄转了一圈，导航纠正方向后重新定位，引导我们又回到原点，仍然没有发现树屋的踪迹。如此来回兜转了几圈，始终找不到树屋，我们不禁心焦气躁起来，辉哥干脆把车停在路边，专下心来研究手机地图。

公路拐弯处慢慢走过来一个人，只见他穿着薄薄的登山服，背着一个重重的登山包，手里拿着一张破旧的地图，没有汽车的羁绊，没有手机的干扰，只关注自己脚下的路，专注得像一个修行人。

我摇下车窗向他问路，他指了指我们身后的方向说："慢点往回开，右手边有一个岔路口，或许你们应该去那找找。"

谢过他之后，我又好奇地问他："你要去哪里？为什么不用手机导航？"

他笑着晃了晃手中的地图，说："我的地图让我不会迷路，再往森林深处走，手机就没有信号了。"说完，便潇洒地挥了挥手，头也不回地向前走去，留下一脸迷惑的我们，心里充满好奇，森林深处究竟还有什么神奇的所在？

调转车头往回开，我们很快就找到了岔路口，正是树屋酒店的入口。我抱怨道："刚才转了好多圈，怎么就是没看见呢？"

"刚才你们一直在玩手机，都不看路啊！"小睿一语中的。

岔路口就在路边上，我们在这里反复路过好几次，只是开着车匆匆闪过，过于关注手机导航，心浮气躁而欲速不达。背包客不用手机，更加地简单纯粹，只关注脚下的路。我们依赖高科技，它让我们的生活变得便捷，有时候却也弄巧成拙；我们总是匆匆赶路，不曾停下脚步好好感受，殊不知苦苦追寻的诗和远方就在眼前。

从岔路口拐进来后，心心念念的树屋出现在我们眼前，没有华丽的装饰，只有原汁原味的木材，取材于林，建屋于树。树屋像是挂在树上的蜂巢，也像是从树上长出来的寄生，树屋与树和谐共存，并不影响树的生长。寥寥几间树屋，却各有千秋，有一间以大树的根部为中心、建在地面上，适合带孩子入住的家庭；有一间高高地建在树杈上，进屋的唯一通道是一条用麻绳和粗树枝做成的挂梯；有一间是建在大树上的豪华别墅，树屋很大，有一座漂亮的旋转楼梯将它与地面连接。

树屋酒店的老板是个 50 多岁的大叔，他自称为"猎人"，我们的到来令他喜出望外，他说我们是他接待的第一批中国客人，这真真是缘分。树屋在偏僻的森林深处，佛系地不做过多宣传，莫大的缘分才让我们在此相遇。我猜他一定是个很有情怀的人，他说他只是深沉地热爱着这片森林，他独自经营树屋，其他家人都在里克维尔经营葡萄酒庄。

猎人帮我们安排了适合孩子入住的那间树屋。打开木门的那一刻，树屋里的布置再次惊艳了我们的眼眸。正苗壮生长的大树笔直地穿透树屋，粗壮的树干是树屋的天然隔断，也是树屋里最华丽的装饰，携着朝气蓬勃的生命，藏着刻骨铭心的年轮，见证着这深山老林的生命轮回和岁月沧桑。树屋里所有的家具都用原木制成，原汁原味，淡淡的树木和泥土芳香沁人心脾，简单粗犷，谈不上精致，但绝不失气质，小木桌上摆放着咖啡机，红白格子的窗帘和被褥简单优雅，柔和的黄色灯光把整个屋子都衬托得很温暖。树屋里没有洗手间，公共区域有独立的洗浴房和餐厅。

餐厅的外墙上挂着一个大大的麋鹿头，旁边的杂物间里整齐地码放着雪橇、木匠工具、木炭、木柴等，室外空地上摆放着一套很大的木质桌椅，很显然猎人已经在准备过冬。他兴高采烈地说："当白雪覆盖森林后，猎人们就会回到这里！"他的眼睛里闪着亮光，那是热爱的光芒，和他一样热爱这片森林的猎人们，会不约而同地在冬雪降临后回到这里，与树同眠，狩猎于林，围着篝火跳舞，端起海碗喝酒……人生得以如此，何其畅快？

"淡季那么长，你独自守在这里，不孤独吗？"我问道。

他爽朗地笑起来："告诉你们一个秘密，这些大树都会说话！"看着他那笃定的眼神，我相信他说的是真话。真正懂得森林的人，才能与森林对话。

那个晚上，没有电视，也没有网络，满天的繁星闪烁，繁盛的枝叶婆娑，森林里一片寂静，似乎能听见大树生长的声音。我们终于放下了手机，一家三口躺在粗犷的木床上，聊着生活和理想，聊着成功和自由……不知不觉间酣然入睡，在树梢上做了一夜甜蜜的梦。

在这片原始的森林里，成功是无关紧要的事，手拿地图的行者和树屋酒店的猎人才是这片森林的真正主人，真诚地做自己更能使人心安理得。

树屋与树，相生相随，人与生活，却往往相爱相杀。自由不是需要刻意追求的目标，忘记自由才能终得自由，愿意感动就是一种享受，大自然与我们同在。人世间的困惑和烦恼，山水树木本身不能理解，行走其间却可获得真知灼见，这也应是行者和猎人更愿亲近森林的原因。

花开到伊瓦尔

　　瑞士和法国有一个共有的界湖，瑞士人称其为日内瓦湖，法国人则喜欢称它为莱芒湖。在瑞法两国交界的湖畔，有一颗璀璨的明珠小镇叫伊瓦尔（Yvoire），一年四季鲜花盛开，是名副其实的鲜花小镇。

　　伊瓦尔始建于 1306 年，整座小镇完全由石料建造而成，是一座坚不可摧的石头城。因处在瑞法两国交界的特殊位置，自建成之日起，伊瓦尔就发挥着非常重要的战略要塞作用。直到 16 世纪中叶，战火无情地损坏了城墙和城堡，战略要塞被攻破，伊瓦尔也随之失去军事价值，从此之后它便开始了新的年轮，幸运地躲过二战的隆隆炮火，慢慢地由堡垒变身为渔村。如今，伊瓦尔小镇近乎原版地保存着 700 多年前的风景，拱形的石头城门、高耸的石头城墙、平整的青石小路，曲径通幽，古朴美丽，每个角落都透露着厚重的历史感。

　　伊瓦尔有很多别称，比如坚硬的石头城、柔软的鲜花小镇、蔚蓝的湖畔小镇……它最招惹人的应是鲜花小镇。虽然从法国到瑞士，几乎每条街道边、每家门前、每个窗台上总有鲜花绽放，但当我走到伊瓦尔，才真正深刻地领略到繁花似锦的壮丽与震撼。尽管已是深秋，伊瓦尔依旧万紫千红，花草繁盛，流水的时光似乎在这里打了一个结，牢牢地将最绚丽的春光锁住，爬满石墙的紫藤和锦簇繁盛的天竺葵点缀着小镇的每个角落，连石头都泛滥着彩色光泽。

实质上，伊瓦尔也是切切实实的鲜花小镇。法国自 1959 年开始进行"鲜花市镇竞选"活动，至今已有 60 余年的历史。获奖级别分为"一朵花""两朵花""三朵花""四朵花"，花朵越多，级别越高，四朵花小镇是法国最美市镇的典范，是当地居民的无上荣誉。而伊瓦尔小镇位列"四朵花小镇"之首，并被刊登在《法国最美丽的村庄》一书中，伊瓦尔小镇的人文历史、自然景致、独特风情自此从深闺走向世界，也曾代表法国参加世界最美小镇的比赛，获得诸多的殊荣。

我们在中午时分抵达伊瓦尔，天气晴朗，万里无云，小镇异常安静，三三两两的游客正惬意地踱步前行。小镇只有 800 多个居民，很是清净，但绝不冷清，天已秋高气爽，伊瓦尔仍是盛装打扮的春姑娘，花园里、石墙上、门廊上、窗台上……目光所及之处，皆是鲜花簇拥，点缀在湛蓝的天空与蔚蓝的湖泊之间，俨然一幅色彩浓郁、生机盎然的油画，繁华之中透露着宁静，别有一番幽静之美。

伊瓦尔小镇很小，一条约 400 米的主干道贯穿城门和码头，将古老的石头城与波光粼粼的莱芒湖相连，主干道两旁的商店、餐厅和民居都被鲜花簇拥着，几条蜿蜒的支路通向小镇的东西方向。小镇上只有一个酒店，未来三个月的房态都已经如数排满，虽已是著名的旅游小镇，但伊瓦尔并不打算划拨土地兴建酒店，而是最大限度地保持小镇的宁静和古朴，让每一个来到这里的人都能好好地感受它的慢、它的静。小镇虽小，但也有教堂和广场，位置显要，占地面积较大，那是教徒们寄托信仰和灵魂的地方。

信步穿过石头城门，仿佛在穿越时光的隧道，一道城门把时光切割，城门之内仍旧停留在伊瓦尔最辉煌时的中世纪。时光悠悠，清静淡泊。这里的时光很慢很慢，云朵慢慢飘，花儿慢慢开，人慢慢老去，石头不凋零……进入伊瓦尔小镇的人都会不自觉地慢下脚步来，在鲜花点缀的小径上，在布满藤蔓的石墙边，在姹紫嫣红的小镇里，生机所到之处，都洋溢着浓郁的法兰西浪漫。

小径拐弯处，笑容可掬的胖夫人正惬意地斜靠在座椅上，看着游人来往，始终笑意盈盈。她可是伊瓦尔最具盛名的网红，每一个到伊瓦尔旅行的人都会为她驻足，她实在是胖得太幸福，笑得太迷人了。胖夫人家是一家水晶饰品店，门廊上挂着的 MOF（MOF，即 Meilleur Ouvrier de France，法国最佳手工业者）奖章，彰显着它的无限荣耀。这是由法国总统亲自授奖的奖章，给予这家水晶店的工匠以最高荣誉。

伊瓦尔小镇上最大的建筑，就是临湖而筑的伊瓦尔公爵城堡，在中世纪时曾经是萨瓦人扼守莱芒湖的战略要塞，至今仍归伊瓦尔家族所有，只可惜古堡不对外开放，无缘一览内里。站在深蓝幽幽的莱芒湖畔远眺伊瓦尔公爵城堡，微风中的碧波荡漾使得岸上的古堡陡增神秘色彩。伊瓦尔公爵城堡却还停留在那悠久的历史和斑驳的岁月中，向世人讲述着那段辉煌。

伊瓦尔公爵城堡的不远处就是船坞和码头，船坞里停泊着许多私人游艇，从瑞士乘船过来的游客都会从码头下船登岸。登岸口的两侧挂着两面国旗，一面是瑞士国旗，一面是法国国旗。往返于两国之间的游船都挂有两国国旗，挂旗的细节也尤为讲究：从瑞士开来的游船，船头挂瑞士国旗，船尾挂法国国旗；从法国开回瑞士的游船，则船头挂法国国旗，船尾挂瑞士国旗。一处细节透露着两国的文化教养和对彼此国家主权的尊重。

面朝大湖，春暖花开，伊瓦尔是许多人心中的梦想家园，蓝天和湖泊书写宁静，鲜花和绿植彰显生机。花开到伊瓦尔，春光便在此永驻。

第三辑　瑞士

像海蒂一样在山野里撒欢

《海蒂和爷爷》在国内上映的那天，我带着小睿去电影院看，优美的自然风光吸引了他的注意，他很快就认出那是阿尔卑斯山，很快就记起我们在瑞士的旅居时光。他指着荧幕上辽阔的天空和山脉，骄傲地说："妈妈，我也曾经像海蒂一样，在阿尔卑斯的山野里撒欢儿。"

谁说年幼的孩子不记事？人生没有白走的路，每一步都算数，那段瑞士旅程已经化作他脑海里的美好回忆，我相信，这般美好会跟随他的一生，时常感动他的生命。或许这就是旅行的意义，美好带不走，但是美好留得住，山川草木不语，它们与时间一样，能帮我们找到所有问题的答案。

第一次带着小睿到瑞士旅居时，他只有两岁半，似乎是什么都不懂得、什么都记不住的年纪，连我的爸爸妈妈都反对我带着他远行，在他们看来，两岁半的孩子应属于温暖的家和室内游乐场，千里迢迢的旅行和山区野外的生活根本不适合他。我没有反驳，也没有屈服，依然我行我素地带着小睿奔向阿尔卑斯山脉的怀抱。

旅居是生活的另一种形式，暂时告别朝九晚五的烦扰，换个陌生的环境继续平常日子，早起买菜、灶前忙碌、柴米油盐。我生活的城市繁荣美盛，好不热闹，我旅居的地方清新宁静，一片静谧，各有各的柔情与温暖，我喜欢它们的不同，生活一如从前，我也没有变样。

我们住在山间的小镇上，四周都是青翠的山林和草甸。早晨有山雾朦胧，午后阳光正好，微风不燥，傍晚时夕阳打造了梦幻山坡，山间的景致正好，既能领略雪山的巍峨，又能俯瞰山谷的壮丽，还能在阿尔卑斯山脉的臂弯里嬉闹。只要隔壁邻居家的孩子来呼唤，小睿随时都能光着脚跑出去，跟着小哥哥小姐姐在门口的草地上尽情奔跑。

山坡上的奶牛是不敢靠近的，在这等庞然大物面前，小睿保持着七分敬畏，只敢揪根长草晃悠着，怯生生地对它们说："牛儿啊，你过来，这里的草长得好！"小羊羔倒是乖巧许多，小睿一边学着它奶声奶气地"咩咩"叫，一边拿起自己的奶瓶喂它，几个来回之后，小羊羔误把小睿当成"奶妈"，一看到他的身影，便会小跑过来等着小睿喂奶，也就是从那时起，小睿不觉间戒掉了奶瓶。房东的猫太骄傲，无论我们怎么讨好，它始终都半眯着眼趴在窗台上，不曾对我们"喵喵"叫过，我多想它能跳下来，绕着我的脚踝妖娆地转圈撒娇。

小镇上来了一群背包客，带来些许热闹，他们张罗着去山野徒步，辉哥兴高采烈地加入徒步队伍。小睿也有条不紊地收拾着自己的背包，带上面包和水壶，换上运动鞋，又问邻居家的小哥哥借了儿童登山杖，不急不躁间，他自己做好了全部准备。许是看着人群热闹，房东的猫终于跳下了窗台，趴在地上半眯着眼，但此时小睿已不再关心，他要开始自己人生中的第一次徒步了。

山野徒步不算太辛苦，山间小路在草甸上蜿蜒穿行，弯曲的艺术把陡峭崎岖的锋芒变得柔和。阿尔卑斯山脉像一幅美丽的油画，天空辽阔，山高水长，雪峰林立，牧场连绵，鲜花遍野，牛羊成群，偶有碧蓝的湖泊作为点缀……行走其间，身心的收获远远胜过体力的付出。

小睿拄着登山杖，学着徒步队员的模样向前行走，遇到平坦的路段便边笑着边撒开腿奔跑，早把徒步的节奏抛诸脑后。辉哥和我都担心他的膝盖受累，但他屡屡拒绝我们主动提出的抱抱，一路坚持自己走，直到走得上下眼皮直打架，才放慢了脚步。他从背包里掏出面包，边走边吃，坚定地维护着他的倔强，一块面包吃完，瞌睡也被赶跑了，又精神抖擞地继续前行。

第一次山野徒步圆满完成。之后，又有了第一次高山湖泊戏水、第一次坐滑翔伞、第一次在农场劳动、第一次去集市卖菜、第一次组装手表、第一次在葡萄园干活换美酒喝……随着时光的流逝，有些细节已经模糊，但那时的感动仍在，我常常想起在阿尔卑斯山区旅居的那些日子，就像我常常想起小时候在家乡的生活一样。

上小学时，我的学校后面有一座山，山上有一条路是我们回家的近道。中秋前后，漫山遍野的山捻子成熟了，每天一放学，我和小伙伴们就像是"神兽出笼"，高声欢笑着扑向山野。山川河流是我们的天然游乐场，草木野果是我们最好的玩具和零食，我们尽情地奔跑着、欢笑着，直到圆圆的月亮升上树梢，才在妈妈的呼唤声中回家。

那时候的时光多纯粹啊！那时候的我们，心里无忧，眼里有光，在山野里尽情地撒欢儿，像一群野鹿一般快乐。后来，去大城市上学、工作、结婚、生子，我再也没在中秋时回过家乡，再也没在山捻子成熟时去过学校后面的那座山。随着年龄的增长，日益地怀旧，那些如金子般的日子，时常出现在我的梦里。

城市繁华，生活便捷，但是城市的一切也不自觉地阻挡了孩子的天性，没有在山区生活过的孩子，当是不能体会天空是多么辽阔，群山是多么雄伟。别让我们的孩子成为温室里的花朵，让他们去亲近大自然，像海蒂一样在山野里撒欢儿吧！野点儿，再野点儿也无所谓！

天堂若有酒馆

　　瑞士旅游专家李丹在游记《到瑞士》里写道："天堂若有酒馆，是否这个模样？无论你打算在瑞士吃几餐饭，留一个午餐在拉沃吧……"我们的拉沃之旅，缘于李丹笔下的这间天堂的酒馆。

　　拉沃位于瑞士西南部沃州，以获得世界文化遗产的葡萄园梯田而闻名。拉沃葡萄园面积约 8 平方千米，沿着日内瓦湖畔延伸数十千米，高速公路和铁路线依山沿湖而建，无论你是乘坐火车疾驰而过，还是沿着蜿蜒小道自驾，抑或徒步漫行葡萄园中，都能看到如画卷般的旖旎风光。

　　早在 12 世纪，一群睿智的修道士发现这里的环境和气候条件得天独厚，于是他们开始在此种植葡萄，至今已有近千年的历史。人们在陡峭的山崖上开垦梯田、建造石砌围墙、种植葡萄，来自太阳照射、湖水倒映和石墙折射的三组阳光，让拉沃葡萄园能够享受充足的日照，不同斜度的山坡使得葡萄的味道体现出丰富的层次感，再加上日内瓦湖潮湿的气候滋养，使得该地出产的葡萄成为上好的酿酒原料。

　　提起葡萄酒产区，要属法国的波尔多最为知名，却鲜有人知瑞士的拉沃。直到 2007 年，瑞士的拉沃和法国的波尔多以各自古老的葡萄园，同时被列入世界文化遗产，低调的拉沃才真正进入公众视野。

　　拉沃是瑞士最重要的葡萄酒产区，也是知名度颇高的风景区，视野开阔，拥有绝佳的日内瓦湖景和葡萄梯田园景。因此，拉沃引来很多富人和地产商的觊觎，他们要么想把这里变成私人领地，要么想在此建造别墅。淳朴的拉沃人民认为葡萄园是大自然的馈赠，他们经过几十年的不懈努力，才使得这片古老的葡萄园通过宪法得以保护，并被列入世界文化遗产。

　　时值中秋，拉沃葡萄园已在上演秋天的童话，当季酿制的葡萄酒也已开始飘香，许多游客慕名而来，拉沃进入旅游旺季，住宿很是紧俏，尤其是口碑好的酒庄民宿，早在大半年前就被抢定一光。我选择了一家位于葡萄园高处的酒店，可鸟瞰日内瓦湖景和拉沃葡萄园景，仅看图片，辉哥、小睿和我都甚是满意。

　　巧合的是，这间酒店与李丹不惜笔墨盛赞的天堂酒馆同属一家。酒馆名叫乐德克（Le Deck），坐落在著名的白葡萄酒村谢布勒（Chexbres），当地人对它亦是青睐有加，常常约三两好友前来，在此度过惬意的午后时光。

　　乐德克酒馆位在葡萄园坡顶，它像悬挂着的一颗明珠，与不远处的日内瓦湖交相辉映。酒馆的入口很别致，左右两边各有一株茂盛的大树，自然生长的枝条向中间聚拢，围成天然绿色的圆形拱门。穿过拱门走下阶梯，率先映入眼帘的是无边的流水露台，真真如仙境般精妙绝伦、惊艳无比。清水淌淌流过玻璃台面，牵引着人们的视线向外延伸，无边露台似与日内瓦湖面相连，给人以"接天连水无穷碧"的视觉冲击感，露台自然地拓展到湖面，湖面也自然地成为酒馆的超级大露台。我不禁感叹："何等高手，竟能设计出这般绝妙的作品？"

　　午餐时间，酒馆过于热闹，我更喜欢午后的清静，食客尽数散去之后，只剩下三五客人轻声细语、品酒休闲。征得辉哥和小睿的同意后，我把原定的行程都取消，打算在此处停留一个下午的时间。露天的沙发卡座是最佳观景位，大片的日内瓦湖景和拉沃葡萄梯田园景尽收眼底，如此美景，仅仅是闲坐于此就已足够奢侈，更何况还有美酒相伴？

服务生向我们推荐当地特产的白葡萄酒沙斯拉（Chasselas），只见他娴熟地将酒倒入杯中，再轻轻地晃动，淡果绿色、清澈透明的沙斯拉在高脚杯中轻柔荡漾。我接过酒杯浅尝一口，沙斯拉的浓郁酒香中夹杂着葡萄的清爽，但口感微微发涩，我有些喝不习惯，服务生见状，生怕我糟蹋了这一杯珍贵的琼浆玉液，赶忙说道："慢慢喝，美妙的滋味在后面。"

当然，我懂得这小半杯酒的珍贵之处。拉沃因其独特的地理位置、光照条件和湿润气候，产出的沙斯拉品质俱佳，独有一番风味，但产量很小，瑞士人把最好的沙斯拉留给自己享用，只剩下一小部分就近出售，再也没有多余的量可供出口。我手中的这小半杯沙斯拉，便是为数不多、就近出售的上品好酒。

有人说，既然沙斯拉这般珍贵，就应当想办法提高产量，或是提高售价。很是合乎常理，但固执的拉沃人不会这么做，他们坚持认为葡萄是上天与土地的恩赐，葡萄酒是他们生活中不可或缺的部分，若为追逐利润而一味地扩产或抬价，便与拆除葡萄园造私人别墅、建度假村一般，都是"不可思议、不可理喻"的事情，他们固执地守护这片古老的葡萄园，专注于种植和酿酒。

对真正懂得沙斯拉的外国人而言，这真的不是一件好事，常常"馋虫"作怪，却又无可奈何，苦苦地等到葡萄采收的季节，便早早地赶往拉沃，抢在新酒酿成时守着酒庄，生怕去晚一步就错过美酒。外行人看，这是拉沃的旅游旺季，内行人道，这是拉沃的好酒抢夺盛会。

闲聊间，小半杯酒竟已被我喝完，我本是酒精过敏体质，这会儿早已两颊绯红，沙斯拉的美妙滋味已在味蕾间发酵，舌尖的微微发涩开始转成明显的回甘，葡萄的清爽与清香亦在其间。

年幼的小睿还不懂得何为醉酒，他乐呵呵地摸着我的脸颊，又指了指远处的天空，说："看哪！妈妈的脸蛋和天边的云一样红！"

　　过度沉醉于美酒，我几乎忘却了时间，忽略了美景，顺着他指的方向看去，残阳如血，天空都被染成浓郁的血红色，晚霞倒映日内瓦湖面上，日内瓦湖也被染成热烈的火红色。这一场不期而遇的火烧云，惊艳了在场的所有人，众人不禁啧啧称叹，被大自然的鬼斧神工深深地震撼。

　　一切都是刚刚好，拉沃的风景正当美，半杯沙斯拉喝到微醺，火烧云足够惊艳，天堂若有酒馆，应当就是这个模样。如果有些时间注定要浪费，我愿在此虚度光阴。

来自侏罗纪的回响

吃过早餐，我坐在酒店大堂百无聊赖地翻看旅游杂志，惊奇地发现当地有个小众景点名叫"马蹄谷（Creux du Van）"。杂志上写道："马蹄谷坐落在诺伊堡州与沃州的边界，拥有大量天然岩石景观。令人叹为观止的是，垂直高度达 160 米的岩壁围成一个长达 4 千米、宽约 1 千米的谷地，冰川和溪流将 2 亿年前史前海洋中的石灰沉淀塑造成惊人的岩层，陡峭的岩壁上详细地记载着侏罗纪的折叠地质特点。"

寥寥几行文字，像有魔力一般牢牢地抓住我的心，我迫不及待地拿出手机，开始规划前往马蹄谷的行程。马蹄谷地处偏僻，没有直达的公共交通，只能自驾或徒步抵达，这便形成一道天然屏障，把许多游客都阻隔于数十里之外，它是周边居民非常喜爱的探险圣地，也是旅游旺季里难得的清静胜地。

从拉沃出发，自驾一个小时即可抵达马蹄谷，时间和条件都允许，我想索性来场说走就走的旅行。我向酒店服务生借来那本杂志，再催促辉哥和小睿启程，他们对这趟说走就走的探险之旅也充满期待。没有详细的攻略，我们对马蹄谷的了解仅限于杂志上的几句简短介绍，既然选择探险，那么我们能做的，便是好好享受这不凡的旅程。

跟着导航，车子在柏油小路上匀速前行，日内瓦湖在我们身后渐行渐远，直到完全消失在视野里。眼前的景致变得荒凉，一片刚被收割过的草场，几株弯曲生长的大树，柏油小路在此分成左右岔道，各自蜿蜒着伸向未知的远方。两条岔道上都没有明显的车辙印，手机导航也在此时丢失了信号，在这荒无人烟的野外，我们的旅程充满变数，似乎只有豪赌一场，才能最终获得答案。

正当迷茫时，身后传来一阵轰隆隆的机车声，只见一支浩浩荡荡的哈雷车队正追着我们的方向驶来，骑士们穿着一袭帅气的机车装备，英姿飒爽，在这荒野里格外豪情。哈雷车队风驰电掣般从我们眼前呼啸而过，沿着右边的岔道疾驰而去。

"快追！"小睿兴奋地发下"指令"，辉哥赶忙发动车子去追随哈雷车队。

方圆数里不见人烟，哈雷车队带领我们来到一座孤零零的红顶房子前。跟随骑士们的脚步，我们推门进屋，木门吱呀作响，门槛上的铜铃叮当响起，这种节奏好奇妙，像极了周杰伦《半岛铁盒》的前奏，恍惚间犹如穿越时光隧道，我们来到异国他乡的"龙门客栈"。

这栋房子是马蹄谷唯一的一家餐厅，也是"换乘站"，前方 300 米即是马蹄谷，剩下的路程只能徒步前行。瑞士人对细节的追求令人叹服，即便是像马蹄谷这般偏僻冷清的地方，只要有人踏足，就会有人间烟火味，这家餐厅就是一个特殊的安排。餐厅内部是木质结构，分楼上楼下两层，长条的原木桌椅上、实木墙上、窗棂上到处都是"前辈们"刀刻的留名痕迹。前来这里的大多是周边的瑞士人、法国人和意大利人，还有少数外国游客，多国文字掺杂其间，俨然是一本世界留言簿。

未到午餐时间，餐厅只有三分热闹。服务生向进屋来的客人推荐热巧克力，马蹄谷风大易寒，出发之前喝杯热饮，能帮助我们抵御寒冷；只有一个徒步上来的背包客点了酒，无羡他人的热闹，也无畏自己的孤单，一副无所谓的表情似乎在说："我爱大风和烈酒，也爱这孤独和自由。"

匆匆饮完，我们便迫不及待地走向马蹄谷。马蹄谷边缘有一堵半米高的石墙，是为防止动物误闯后坠落悬崖，游客则可轻松翻墙，但务必小心，悬崖边上立着的告示牌提醒人们，曾有游客在此失足坠亡。偶遇牵着狗来徒步的当地人，也好心地提醒我们千万不要让孩子太靠近悬崖。马蹄谷里一定有很多传说吧，当地的老人或许会给他们的孙儿讲，马蹄谷下的森林里藏着会吃人的大老虎，要是哪个小孩不听话靠近了悬崖，大老虎就会跑出来把他抓走。提醒也好，传说也罢，无非都是在告诫人们，大自然面前，人类何其渺小，我们应时刻保持对大自然的敬畏之心。

翻过石墙，壮观的马蹄谷呈现眼前。这长约 4 千米的岩壁是大自然鬼斧神工的杰作，2 亿年前海洋中的石灰岩沉淀于此，冰川、溪流和风、霜、雨、雪分工合作，将其塑造成惊人的岩层，形成一个天然的圆形剧场。垂直耸立着的岩壁截面层层叠叠，清晰地记载着侏罗纪的折叠地质特点；岩壁下方堆积着被风化后剥落的碎石，见证着斗转星移和时光变迁。

马蹄谷区域内方圆 25 千米是自然保护区。崖壁上方是一片肥美的草地，谷底是茂密的森林，百余米高的岩壁陡然耸立其间，岩壁、草地和森林和谐地相融。放养的牛、羊、马，野生的羚羊、猞猁和其他动物在这片原始古朴的自然环境中繁衍生存，自然保护区的规定使它们免于遭遇猎杀的命运。

站在悬崖边，视野很开阔，远处的湖泊波光粼粼，眼前的马蹄谷如此壮丽。它在历经风雨沧桑后变得沉静厚重，骄傲地耸立着，自有一种深沉的力量震慑人心，让人既好奇又不敢贸然靠近，更不敢在它的边缘嬉戏，只可远观不可亵玩。

哈雷骑士们显然是马蹄谷的资深探险者，他们站在一块向前突起的岩壁上，面朝马蹄谷圆形剧场的拐弯处，俯身向谷底的森林高声呼喊，不一会儿，便从马蹄谷的深处传来阵阵回声。我们也学着骑士们的模样朝着谷底森林高声呼喊，声音撞击在记载着侏罗纪折叠地质特点的岩壁上，很快传来阵阵回声，回声荡漾在马蹄谷上空，深邃且悠长，这应是来自侏罗纪的回响。

　　杂志上的寥寥几行文字，马蹄谷绝世独立的壮美景色，都有一种不可名状的魔力，刻画着人们对远古时代和自然力量的无穷想象，而这来自侏罗纪的声声回响，是马蹄谷为大自然的鬼斧神工唱响的赞歌。

何以解忧？唯有火锅

　　曾经不能理解他人背着榨菜出国旅行，直到自己在异国他乡时也因饮食不惯而思念榨菜，才深刻地领悟有一种乡愁，叫作"熟悉的味道"。后来，见识一群阿姨携带泡面奔赴欧洲，更是令我感叹不已。阿姨们既能豪爽地一掷千金买奢侈品，也能内心满足地坦然吸溜泡面，她们把能屈能伸表现得淋漓尽致，毫无违和感，任何人发出的任何质疑，都在她们心满意足地一抹嘴中消解殆尽。

　　我们都有一副傲娇的"中国胃"，但绝不是矫情，而是对家乡味道的深深眷恋。带着年幼的小睿旅行，饮食是影响我们行程的重要因素之一，榨菜泡面抚慰"中国胃"尚可，却不足以消解浓浓的思乡忧愁。

　　何以解忧？唯有火锅！

　　行至伯尔尼，我们已在瑞士旅行一周。瑞士美食众多，但与我们的口味和饮食文化差异甚远，奶酪火锅过于浓郁，土豆煎饼容易上火，初尝焗马铃薯、烤面汤、风干牛肉时，确实美味诱人，但新鲜感过后，我们便一发不可收拾地疯狂想念中国美食。

　　正值"馋虫"作怪，我想何不自己做顿火锅？辉哥和小睿也深表赞同，于是临时预订一间可以做饭的公寓。公寓位于伯尔尼市区，开放式厨房里，厨具餐具一应俱全，完全具备吃顿火锅的条件，我们只需去伯尔尼的农贸市场采购食材。

伯尔尼是瑞士首都，没有浓郁的国际化气息，被人们称为世界上最低调的首都，至今仍完整地保持中世纪风格，沉着内敛，像是被时光遗忘一般，停留在古老又灿烂的中世纪。相较于伯尔尼的低调，伯尔尼的农贸市场却是名声在外，被人们称为世界上最牛气的农贸市场。

这个农贸市场位于伯尔尼联邦大厦广场，也是瑞士最大的农贸市场。联邦大厦是瑞士最高行政机关所在地，但若不是刻意寻找，你很难从风格一致的建筑群中辨认出哪座是联邦大厦；若仅是凭借想象，怕是想象不出最牛气的农贸市场有多牛气，农贸市场与联邦大厦之间没有围墙相隔，也没有警卫值守，站在你身边讨价还价买菜的人，很有可能是刚从联邦大厦下班的瑞士政府要员。周末则更是壮观，以联邦大厦广场为中心向外延伸，周边纵横交错的街道全都成为农贸市场的坐标，来自全国各地，甚至邻国的小贩们在此搭棚摆摊，蔬菜、瓜果、鲜花、特产等应有尽有。

我们没能赶上周末的盛况，平日的农贸市场不算热闹。摊主们都自觉、规矩地搭棚摆摊，物品摆放整齐，广场干净整洁，没有随意丢弃的垃圾，没有恣意流淌的污水，也没有令人皱眉的难闻味道。我喜欢这样的农贸市场，鲜艳欲滴的新鲜蔬菜、五颜六色的应季水果、五花八门的稀奇特产着实令人心情愉悦。

在农贸市场闲逛着，我的心里已有基本的菜谱，肉类、蔬菜、菌菇都可以做涮菜，没有现成的锅底和蘸料，但农贸市场有油、盐、醋等基础调料，我对自己的手艺充满自信，发挥想象力和创造力，完全可以做出不错的锅底和蘸料。

在农贸市场采购所需的食材和调料后，我们返回公寓。小睿负责摆放餐具，辉哥负责洗菜，我负责做锅底和蘸料。西红柿锅底简单易做且味道鲜美：西红柿去皮后切成小块，放入锅中熬成浓汤，加入少许橄榄油、迷迭香调味，便是一锅色香味俱全的西红柿锅底；牛排酱做底酱，香菇、酸乳瓜、鲜辣椒切成丁，再加入少许橄榄油和盐，便是一份像模像样的蘸料，虽不及老北京涮锅的麻酱香，但也不缺鲜、香、酸、辣的味道，足够满足我们肚子里的"馋虫"了。

忙活半个小时，涮菜、锅底和蘸料都已准备就绪，牛肉、香肠、小甘蓝、生菜、蘑菇、胡萝卜、卷心菜……还有一些叫不上名字的新鲜蔬菜，都被一一整齐地码放在餐盘里，西红柿锅底正在锅里咕嘟咕嘟地翻腾着冒泡，盛在小碗里的蘸料散发出诱人的香味，一顿原汁原味的中式火锅等待开席。这时候才发现，火锅的"铁杆搭档"——筷子缺席了，公寓里没有筷子，但并不影响我们享用这久违的味道，第一次用刀叉吃火锅，别有一番趣味。

吃着这一桌中西混合的火锅，我们都格外满足，辉哥不禁洋洋得意地哼唱起来："没有什么能够阻挡，你对火锅的向往……"虽然远在异乡，但只要有足够的想象力、创造力和行动力，我们随时随地都能吃到美味的中餐，虽然不完全是原来的配方，但依旧是熟悉的味道。

何以解忧？唯有火锅！世界再大，也大不过一个火锅，不管走得多远，不管到达的地方多么繁华美丽，也不如一个火锅更能安抚我的胃，慰藉我的心。

在爱蒙塔尔的星空下

在伯尔尼东边的丘陵地带，有一片肥沃秀美的草原，瑞士人称它为"最美乡村"，它就是爱蒙塔尔（Emmental）。2014 年底，瑞士邮政发行了一枚小型张的主题邮票《瑞士乡村美景：爱蒙塔尔》，其美丽景色不仅吸引许多集邮爱好者的关注和收藏，也吸引许多游客慕名前来旅行。

爱蒙塔尔是个时光很慢的乡村，交通不甚便利，旅馆也屈指可数。我订到一家令人满意的农场民宿，农场主是个和蔼的大叔，他的农场已有上百年的历史，家族传承了数代人，农场主和他的妻子、儿女都住在那里。仅仅是"家族传承"四个字，就具有足够的魅力，让我们对爱蒙塔尔之旅充满期待。

我们从伯尔尼出发，自驾前往爱蒙塔尔，导航显示单程需要 45 分钟。离开伯尔尼的古老街道后，我们又穿过一片茂盛阴暗的树林，眼前的景致才慢慢开阔起来。不太宽敞的水泥路在起伏的草甸间蜿蜒着穿行，路两旁零星地散布着一些大型农场。其建筑的风格独特，与拉沃、伯尔尼等地的建筑明显不同，宽大、倾斜的屋顶像是宽檐的帽子，整齐的小窗户彰显着瑞士人的精致和严谨。尽管已是深秋，但木质窗台前总有繁花盛开，五颜六色的花朵像是镶嵌在农场上的彩色珠宝。

我们入住的农场在爱蒙塔尔的草原深处，车缓缓地停在农场门口的空地上时，大叔家的狗狗率先热情地跑来欢迎我们。农场所在的地势偏高，开阔的视野范围之内，纳入眼底的尽是碧绿的草甸和蔚蓝的天空。一阵风吹过，农场里的牛粪味飘过来，处女座的辉哥不禁撅起嘴咕哝着道："味道这么大，今晚睡得着吗？"

大叔闻声从农场里出来迎接我们，他热情地领着我们参观农场，右手边的居民房是大叔的家，旁边的大型木屋是封闭式牛棚，大叔家养的都是奶牛，这会儿正在草场悠闲地吃着草，要等傍晚时分才会赶回棚内；左手边便是那间有着百年历史的农场，分上下两层，楼下是牛奶车间，楼上是五间客房，农场的后院有一半是干草屋，一半是马厩和羊圈。

我们的房间在二楼，全木质结构，屋里只有简单的床铺和床头柜，但很干净，床头柜上摆放着欢迎贺卡和巧克力。客房远离牛棚和马厩，屋里放了香薰，屋内的空气很清新，辉哥这才把那颗重度"洁癖"的心放回肚子里。

走到窗前，我拉开红色格子窗帘，推开窗户向外看去，窗外的风景着实令人惊艳。爱蒙塔尔的乡村风景，竟与 windows XP 操作系统的经典桌面壁纸有五分相似。湛蓝的天空下，肥美的牧草在阳光下闪闪发亮，牛羊正悠然自得地吃着牧草，翠绿的丘陵此起彼伏，不远处有一棵树，倔强又孤独地矗立在碧草蓝天之间，格外显眼。

瑞士旅游专家李丹在她的游记《到瑞士》里写道，她在爱蒙塔尔住的房间自带风景。虽然我与她住的不是同一家店，但我的房间也是自带风景。这大概就是爱蒙塔尔的魅力所在，无论你站在哪个角度，都会被优美的风景包围。

草原的夜晚格外冷，吃过晚饭之后，我和小睿便待在温暖的屋里，辉哥觉得无聊，独自出门散步。不一会儿的工夫，辉哥急匆匆地跑回来，一边兴奋地叫道："快出门，快出门！"一边把小睿从床上薅起来套上衣服。

"怎么啦？什么事？"看他这一副着急的样子，我以为是有什么紧急情况。

"星空超美！快走，别耽误时间！"他斩钉截铁地说道。我和小睿也跟着兴奋起来，赶紧穿戴好，奔跑着下楼。

草原的夜晚异常宁静，牛儿、羊儿、狗儿都已睡下，满天的繁星调皮地眨巴着眼睛，像是洒落在黑色绒布上的钻石在闪闪发光。这一幕已让我感动得哽咽，但辉哥仍不满足，农场的大灯还亮着，光亮遮蔽了星星的光芒，他想开车到草原更深处，到没有光影响的地方看星星。我们要做一回追逐星星的旅人，听上去就很浪漫，虽然有些冒险，但已不足以阻挡我们的步伐。

辉哥发动车子，沿着来时的方向继续往前开，直到完全避开农场的灯光，他把车停靠在路边，然后熄灭了车灯，周围一片寂静，静得连秋虫都不敢言语。满天的繁星毫不吝啬地展露着自己的光芒，尽着自己的力量把点点滴滴的光融汇成一道彩色的弧光，虽然比不上太阳的辉煌，虽然比不上月亮的清澈，但它们把梦幻般的星光洒向大地，诱发着人类的探索欲望。

我有多久没有抬头仰望星空了？不知是城市的雾霾遮蔽了星星，还是闪烁的霓虹迷惑了我的双眼，在我的印象里，我所在的城市上空从不敢奢望满天星斗，偶尔看见几颗星星都是奢侈的事。而今看着这璀璨的星空，我突然明白，其实星星从未缺席，只是我常常困顿于生活和工作的忙碌里，困顿于城市的灯红酒绿与车水马龙间，我习惯了低头看路，早已忘记抬头仰望星空。

星星眨着眼睛不说话，但它们读懂了我的心事，我们都曾怀揣着美好的初衷出发，却在追求功名利禄中逐渐迷失自己，逐渐迷失方向，找不到属于自己的那颗星星。

星光不问赶路人，时光不负有心人。从今天起，做一个追星星的人吧！

奶酪的诱惑

　　动画片《猫和老鼠》承载了我们这一代人的许多童年欢乐。小猫汤姆的小脑袋里总是闪着机会主义的光芒，弓着腰在一旁伺机伏击小老鼠杰瑞，它有一种强烈的欲望想要抓住杰瑞，却屡屡受挫。而机灵古怪的杰瑞则抱着一大块鲜黄色、布满气孔的奶酪，被汤姆撵得四处乱窜，却仍不忘向汤姆发出挑衅，在不经意间让汤姆糗事百出。

　　杰瑞总是那么快乐，拥有一块奶酪，就像拥有了全世界，即使被汤姆撵得无处躲藏，也舍不得扔掉看似累赘的奶酪。小时候的我很是好奇，那块奶酪究竟有什么样的魔力，让杰瑞如此痴迷疯狂？是不是拥有那块奶酪，就能像杰瑞一样永远快乐？

　　杰瑞怀里抱着的，是大名鼎鼎的爱蒙塔尔奶酪，产自瑞士四大奶酪产区之一的爱蒙塔尔草原（瑞士为了保护传统的奶酪加工业，规定奶酪的名称都要采用产地名）。奶酪是瑞士最典型的美食，堪称瑞士的"国菜"。爱蒙塔尔奶酪发源于1293年，距今已有700多年的历史，被誉为"瑞士奶酪之王"。爱蒙塔尔奶酪切开后，淡黄色的奶酪上面布满樱桃大小的气孔，形似蜂窝，因而又被称为"蜂窝奶酪"，而这蜂窝似的气孔，拍摄效果出色，深受摄影师的喜爱，它也因此成为全世界上镜极多的奶酪之一。

被蜂窝奶酪诱惑了许久，我终于踏上爱蒙塔尔的奶酪之旅。爱蒙塔尔的阿福尔特恩（Affoltern.i.E）是著名的奶酪村，奶酪工业最为发达。为让游客完整、充分地了解爱蒙塔尔奶酪，地方政府专门在此建造奶酪工厂（Emmentaler Schaukaserei），全程公开透明地向游客展示奶酪的制作过程，全方位地展现从200多年前在山上开始制作的传统奶酪作坊，到现代的机械化工厂的悠久历史。

在爱蒙塔尔做一头奶牛是件很幸福的事情，洁净富饶的牧场是奶牛的天堂，但想在爱蒙塔尔做一个"放牛郎"却不是那么容易。这里的"放牛郎"跟银行职员一样，是需要持证上岗的高门槛职业，只有先通过考核取得合格证书，再经过实习，表现优秀者才能真正地独立上岗。

不同奶酪产区产出的奶酪的风味有着明显差别，奶牛品种、牧草品质、气候、土壤、加工工艺等都是决定奶酪风味的重要因素，甚至海拔高度、奶牛的身心健康程度和挤奶时间等都会对奶酪风味产生不同程度的影响。瑞士对奶酪的品质控制极为严格，从奶牛吃的牧草开始进行源头控制，爱蒙塔尔奶牛的食物全部为青草或干草，不使用任何食品添加剂和转基因原料。牛群并不是一年四季都待在同一个草场，而是随着气温的变暖，向更高海拔的草场迁移，入秋之后再返回农场。高品质的牧草和美丽的景色使得奶牛拥有健康的身心，从而产出高品质的牛奶。

阿福尔特恩奶酪工厂位于爱蒙塔尔草原的核心地段，既方便游客前来参观，也方便奶农前来送奶。奶酪工厂是一幢具有爱蒙塔尔地区特色的"宽檐帽型"木屋，地下的楼层是奶酪作坊和贮藏地窖；一楼是参观区域和商店，透过全透明的玻璃屋顶能够一览无遗地看到奶酪作坊的制作流程，商店对外售卖各种奶酪和鲜奶制品；二楼是餐厅，可以吃到最正宗的爱蒙塔尔奶酪。

大多数国家都会采用巴氏消毒法对鲜奶进行杀菌处理，但瑞士的奶酪工厂为了保证奶酪的风味，不采用巴氏杀菌奶，而是直接用生牛奶，其中富含的活性酶和细菌会在奶酪的制作过程中产生特殊风味，因此，每个农场的牛奶都是随挤随送到奶酪工厂。

奶酪工厂的整条流水线上，从始至终只有一个女工在忙碌，只见她有条不紊地使用着各种各样的复杂器械，按部就班地操作着机械上的精密仪表盘，细节如此烦琐，但她都如条件反射般万分熟练，令人佩服。新鲜牛奶经过检测后，倒入奶酪槽中进行加热，发酵分离出凝乳，经过压制、翻转、脱水定型、盐水浸泡和熟化等一系列工序，再送进地窖发酵两个月，樱桃大小的蜂窝气孔就是在发酵过程中自然形成的。发酵完成后，奶酪还不能吃，需要放进地窖储藏三个月后，才能摆进嘴里。制作一块爱蒙塔尔奶酪，大概需要 1200 升牛奶，整块的爱蒙塔尔奶酪就像一个巨大的车轮，这一轮一轮的蜂窝奶酪如艺术珍品般精美，凝聚了爱蒙塔尔人的勤劳和智慧。

奶酪工厂里飘散着浓浓的奶香味道，苍蝇和蜜蜂难以阻挡诱惑，纷纷跑来作怪，但奶酪作坊是全封闭式的玻璃车间，苍蝇和蜜蜂只能趴在厚厚的玻璃外面，眼睁睁地看着美食当前，却无可奈何。

辉哥比玻璃窗上的苍蝇和蜜蜂还要馋，还没等参观完奶酪工厂，便催促着我们去餐厅品尝奶酪盛宴。奶酪工厂的二楼是一个名副其实的奶酪餐厅，这里只做奶酪菜，奶酪及其他主要原材料均为自产，招牌菜有奶酪火锅、奶酪面包、奶酪扒和奶汁蘑菇羹等。

奶酪火锅是一定要尝尝的，餐厅服务员很贴心地向我们展示奶酪锅底的制作。爱蒙塔尔奶酪被切成小块的扇形盛放在餐盘上，蜂窝似的气孔像是奶酪的生命在呼吸。特制的奶酪火锅加热后，服务员把奶酪块放进锅里，不加任何添加剂，也不加水稀释，奶酪块在锅中融化成香浓四溢的奶酪，纯正的奶酪锅底就做好了。

奶酪火锅的配菜有风干牛肉、土豆、西兰花、胡萝卜等，用特制的长柄细叉叉上一块风干牛肉，放进锅里，蘸上香浓软糯的奶酪，提上来时，奶酪会拉起长长的丝。这时，你需要快速地转动长柄细叉，用拉丝的奶酪紧紧地包裹风干牛肉，然后趁着奶酪的热气未散，把裹着奶酪的牛肉塞进嘴里，奶酪的柔滑和牛肉的嚼劲搭配得恰到好处，会让你回味无穷。奶酪闻起来有一股臭臭的味道，但吃起来是香浓醇厚的，跟我们的臭豆腐有些相似，都是闻起来臭、吃起来香。

从奶酪工厂出来，我郑重其事地打开梦想清单，在"尝尝杰瑞的奶酪是什么味道"这项画上对勾，这不仅仅是一块奶酪的分量，更蕴含着梦想的意义。

人人都有梦想，有人注重梦想实现的结果，有人注重梦想实现的过程。任凭时光荏苒，梦想从不会被淡忘，虽然时隔久远，但梦想会在时光里发酵，历久弥香，我坚定地前行，一步一步地实现。唯有热爱，可抵岁月漫长。

所有相遇都是久别重逢

在伯尔尼逛农贸市场时，我们遇到一对有趣的情侣。

我们差不多已采购完毕，提着大兜小兜准备回公寓。这时，迎面走来一个胖胖的大叔，他好奇地盯着我们手里的菜，用流利的中文问道："中国菜的分量这么小吗？"

显然，他以为我们会把每样菜都做成一道成品菜。我回答他："不是的，我们要吃火锅。"

一听到火锅，他立马两眼放光，兴致勃勃地说道："啊！我最爱四川的麻辣火锅！"

"四川的火锅很麻很辣，你吃得习惯吗？"很难想象，外国人如何接受得了四川火锅的麻和辣？

大叔爽朗地笑道："吃得惯！很好吃！"他回头轻轻地揽过身边的女子，面带羞涩地说："这是我的女朋友詹妮，我一直都想带她吃正宗的中国火锅。"詹妮看上去跟大叔年龄相仿，但大叔亲密地称她为女朋友，而不是他的妻子。他身旁的詹妮也是羞涩腼腆，那神情完全是被深深宠爱的热恋中的小女生。

大叔对我们的火锅很感兴趣，继续追问道："你们要在伯尔尼做火锅吗？这很难！"

我洋洋得意地说："不难。我有秘方。"

大叔更好奇了："什么秘方？可不可以告诉我？我想给我的詹妮也做一顿火锅。"说话时，大叔温柔地回头看向身边的詹妮，而詹妮自始至终都笑眯眯地看着大叔，两人眼神里的甜蜜和爱意，有初恋时刻的炽热，也有相守已久的慈悲，那就是爱情最美的模样吧！

见大叔这般好奇，我便详细地把我计划的锅底和蘸料做法讲给他听。不知他听懂多少，但他如获至宝，又问我要了采购清单，跟我们道别之后，便依葫芦画瓢，照着清单在农贸市场上采购。

这是一对什么样的神仙眷侣？年龄的增长并没有老化他们的心态，他们似乎仍停留在20出头的美好年华里，依旧热恋，依旧好奇。我相信，大叔一定成功地为詹妮做出了中国火锅，而詹妮在吃着大叔做的火锅时，一定是世界上最幸福的小女生。

如果说在异国他乡的陌生城市里遇见一对情侣，那是纯属偶然，那么，在另一个城市里与他们再次不期而遇，便一定是缘分使然。

离开伯尔尼数天后，我们辗转来到因特拉肯（Interlaken），它是少女峰地区的重要交通枢纽，比其他小镇都要热闹许多，枢纽的意义不止在于换乘和中转，更在于连接。

因特拉肯坐落在图恩湖和布里恩茨湖之间，是个迷人的小镇，不太宽敞的街道上没有红绿灯，但这里的一切都井然有序，平和且让人心安，无论是本地居民还是外地游客，都不约而同地自觉维护着小镇的秩序。

我们把车放在因特拉肯火车站的停车场，准备搭乘轮船前往伊斯特瓦尔德（Iseltwald）。瑞士的公共交通很便利，公交、火车和轮船之间的换乘都很方便，一般情况下，火车站和码头是紧挨着的，但我们还是迷了路，找不到码头的位置。

我们正打算去超市找人问路，就听见小睿高兴地叫着："爷爷，爷爷……"抬头一看，只见大叔牵着害羞的詹妮，正笑意盈盈地站在我们面前，时间似乎在这一刻凝固了，我们都惊讶于这不可思议的重逢，陌生的城市，陌生的人们，不期而遇，又似是久别重逢。过了许久，大叔和辉哥才不约而同地回过神来，欢笑着相拥问候。

我问大叔："你的火锅成功吗？"

詹妮在一旁乐不可支，大叔腼腆地说："很成功！我女朋友很喜欢。谢谢你的独家秘方。"大叔依旧称詹妮为女朋友，两人的眼神里依旧爱意浓浓。

大叔得知我们迷了路，热心地帮我们规划路线，他也不知道码头的方向，但他和詹妮曾经坐过公交去伊斯特瓦尔德，路上的风景并不亚于湖上，还能站在高处俯瞰布里恩茨湖，到达伊斯特瓦尔德后可以换乘轮船，听起来是个不错的选择，既没有错过轮船，又增加了行程的多样性，我们欣然接受了大叔的建议。

趁着公交尚未到站，我们闲聊起来。原来，詹妮是伯尔尼本地人，而大叔是荷兰人。大叔是个环球旅行家，年轻时曾在中国游学，学得一口流利的中文，后来在伯尔尼旅行时遇见詹妮，爱上她，从此结束四海漂泊的生活，在伯尔尼定居。但他并未从此停下环球旅行的步伐，而是与詹妮结伴同行，继续行走天涯。那天在伯尔尼遇见我们时，他们正在为中国之行做准备，在网上看过许多旅行介绍之后，詹妮已经被神奇的中国火锅深深地诱惑，有缘遇见我们，大叔照着我的"独家秘方"做了火锅，可算是为詹妮解了馋。

多么神奇的缘分，该遇见的人总会遇见，该重逢的人也总会重逢。公交车很快就来了，我们与大叔和詹妮作别，虽然不知道以后还会不会再见，但这不期而遇的重逢，已让我们都深信缘分多奇妙。

我们都是时光的旅者，行走在生命的旅途，有人与你狭路相逢同欢喜，有人与你擦肩而过不相识。然而，缘分之奇妙，莫过于不期而遇，该相遇的人总会相遇，该再见的人总会再见，无论如何，我们都要好好珍视这得来不易的缘分。

布里恩茨湖的赞歌

瑞士以湖光山色闻名于世，国土面积虽然不大，但其境内的湖泊数量超过 1500 个，约占国土面积的 6%。众多的湖泊当中，我最喜欢的是布里恩茨湖（Brienzersee）。它没有卢塞恩湖的名气，也没有日内瓦湖的霸道，仅凭独特的蒂芙尼蓝色，就俘获我心。

布里恩茨湖紧邻因特拉肯小镇，有"上帝的右眼"之称，上帝是公平的，他把荣誉和热闹赋予"左眼"图恩湖，把美貌和宁静留给"右眼"布里恩茨湖。布里恩茨湖西起因特拉肯，东至布里恩茨村，全长 14 千米，宽 2.8 千米，湖两岸多为陡峭的山崖，全湖几乎没有浅水区域。

我们原本计划在因特拉肯乘坐轮船游览布里恩茨湖，中途在伊斯特瓦尔德半岛停留，但计划总赶不上变化，我们在因特拉肯迷了路，没有找到码头，于是决定换种方式游布里恩茨湖。伊斯特瓦尔德半岛位于布里恩茨湖的南岸，是个无车半岛，外埠车辆不允许通行，游客只能乘坐轮船、公交或步行进入，我们在因特拉肯乘坐 103 路公交车到村口，再步行抵达伊斯特瓦尔德半岛。

因特拉肯的车站热闹非凡，但 103 路公交车却乘客稀少，车上的乘客在此站倾巢而出，上车的乘客只有我们一家三口，公交车驶出因特拉肯小镇后，更是连游人的身影都很少见到。还没到村口站，小睿已在车辆的摇晃下酣然入梦，辉哥把他放在宝宝车上，下车后也一路推着他，我倒是落了个清静，在奔波喧闹的旅途中，终于有机会"偷得浮生半日闲"，好好享受这属于自己的片刻宁静。

村口站是个前不着村、后不着店的车站，只有一块孤零零的站牌矗立在路边，没有人，没有车，附近也没有房屋，周围异常安静，只有我们的脚步声声声入耳。这样的车站设置别出心裁，让人在宁静的村庄里放慢节奏，聆听自己的呼吸，留意身边的美丽。

路两旁是茂密的树林，看不到布里恩茨湖的影子，眼前的路指引着我们走向前方的小斜坡。到达坡顶时，视野变得开阔起来，布里恩茨湖终于露出迷人的一面，湖水呈现出神秘的蒂芙尼蓝色，湖面没有波澜，平静得让人不敢言语，只怕些许的动静就会让湖面生出波纹来。更惊艳的是伊斯特瓦尔德半岛，它像树枝一样蜿蜒着伸向湖中，半岛上苍翠的树林和红色的屋顶相互衬托，点缀在蓝天和蓝湖之间。

斜坡的顶端是绝佳的俯瞰视角，站在这里能够看到伊斯特瓦尔德半岛的全景，若是乘船游湖，恐怕只缘游在湖中，却无缘见识伊斯特瓦尔德半岛的真面目。我不由得感叹起来，风景也罢，世事也好，沉迷其中能使人领略细节之美，而登高临远，更能让人头脑清醒、顾全大局。

从坡顶下来后，我们沿着小路奔向半岛。半岛入口处有一座木桥，桥下有一对洁白的天鹅，正在举行唯美的"湖上婚礼"。阳光洒在布里恩茨湖面上，湖面波光粼粼，反射出星星点点的光芒，像一颗颗钻石在阳光下闪耀着，公天鹅伸着洁白修长的颈项，头部微微弯曲，画出一道美丽的桃心半弧线，它一边唱着歌，一边慢悠悠地围着母天鹅旋转；母天鹅那一对洁白的翅膀微微向后翘起，在背上画出一颗桃心，回应着公天鹅的浓浓爱意。在阳光的照射下，天鹅通身都泛出一层若隐若现的白色光芒来，像是披在身上的白纱。

两只洁白的天鹅是布里恩茨湖上的精灵，它们一唱一和，在水面上旋转着、舞蹈着、陶醉着，时而慢悠悠地跳着温柔的圆舞曲，时而嬉戏着扑棱起美丽的水花，水面上泛起的波纹向远处荡漾开去，为两只美丽的精灵搭建起天然的舞台。我坐在木桥上，怔怔地看着这纯粹唯美的画面，静谧的湖泊和洁白的天鹅给人以无限遐想，但我的内心一片安宁祥和，此时此刻，我看天鹅多妩媚，料天鹅看我应如是。

小睿终于睡醒了，当他看到湖上那两只美得不可方物的天鹅时，只恨不能跳下湖去，摸一摸它们那洁白的羽毛和修长的脖颈儿。他从自己的背包里拿出面包，揪成小片儿扔到湖面上，天鹅很喜欢吃面包，但它们不争不抢，慢悠悠地划水游向自己身边的面包片，湖面上泛起更深的水纹，荡漾着走向更远的地方。

木桥不远处是伊斯特瓦尔德码头，随着一阵急促的波澜涌来，从布里恩茨村方向驶来的游船靠岸了，船上下来的游人打破了半岛的宁静，木桥上很快就站满了看天鹅的人，嬉笑声、打闹声四起。有人从湖边的菜地里摘了卷心菜来喂天鹅，大片大片的卷心菜叶子扔进湖里时，水花四溅，喧闹的声音引来一群灰鸭子，木桥下顿时也热闹起来。灰鸭子们在桥下你争我抢，游人们在桥上欢笑不已，两只天鹅大概是不能享受这番热闹，扑棱着翅膀上岸走远了。

游船在码头停靠的时间不长，随着汽笛声声响起，游船带着游人前往下一站，也带走了本不属于这个半岛的热闹和喧嚣，卷心菜叶分食干净后，灰鸭子们四散离去，半岛、木桥和湖面又都恢复了宁静，但天鹅已经走远，只剩下我们站在木桥上静静地发呆。午后的阳光变得柔和起来，随着太阳的位移，布里恩茨湖水在悄悄地变幻着颜色，蒂芙尼蓝色的湖水变成了更为浓烈的蔚蓝色。

我喜欢布里恩茨湖，它的蓝如此变幻莫测，它的静令人心生淡泊，波澜不惊的布里恩茨湖下，蕴涵着无数未知的可能，此后我无数次相信，世上真有一种纯粹，美得令人窒息。

不要为错过的班车而哭泣

少女峰位于瑞士和意大利的边界，以冰雪与山峰、山峦间的云舒云卷吸引着八方游客。山如其名，少女峰横亘 18 千米，宛若一位婀娜多姿的少女，披着飘逸的长发，身穿洁白的纱裙，恬静地仰卧在蓝天与浮云之间。

少女峰素有"欧洲屋脊"之称，海拔高 3454 米的少女峰站是欧洲海拔最高的火车站，少女峰齿轨火车又被称为"云霄火车"，是名副其实的穿梭在云霄之间的列车。海拔 3571 米高的史芬克斯观景台亦是欧洲海拔最高的观景台，身临其中可 360 度饱览阿尔卑斯山脉最令人惊心动魄的画卷，近处的少女峰、僧侣峰、艾格峰和阿莱奇冰川，远在法国的孚日雪山和德国的黑森林，皆可尽收眼底。

少女峰有很多美丽传说，我最愿意相信的是关于天使的传说。很久很久以前，美丽的天使来到凡间，万水千山走遍之后，她在少女峰脚下的山谷安家，她用自己的智慧和双手，用心建造家园，在山底造出茂密的树林，在山间铺上连绵的草甸和烂漫的山花，用自己的洁白纱裙围住山峦，用珍珠串成珠链挂在山尖，并虔诚地祈祷："我的美丽家园啊，感谢你带给人们安宁与温暖，从此以后，人们都会亲近你、赞美你、依恋你。"如天使所愿，如今的少女峰名扬四海，深受广大游客的喜爱。

我们选在一个下雪的日子登少女峰，仅仅是因为辉哥说，想去领略一些"欧洲之巅"的暴风雪，虽然我从心底里认为他的想法有点儿危险，但还是默默地做了安排。且做个随性的人吧。允许自己追逐繁星，也允许自己追逐风雪，每一种好奇都应从我们身上得到释放，它必会带给我们诸多惊喜。

那天下着鹅毛大雪，所有生机都被覆盖在厚厚的积雪之下。辉哥和小睿都激动不已，从因特拉肯站登上齿轨火车起，一路都没能停止对窗外雪景的声声惊叹，但在我看来，被白雪覆盖的山野显得毫无生气，单调的白色不足以表达活力，比起寒冬的纯净和凛冽，我更喜欢夏日的繁盛和热烈。

冬季是欧洲人的冰雪狂欢季，无论男女老幼，甚至是坐着轮椅的残疾人，都穿着滑雪服、带着滑雪装备登山，待到雪住天晴后，他们会变成跳跃的精灵，在覆盖着皑皑白雪的山间滑雪场酣畅淋漓地享受冰雪带来的刺激和欢乐。趁着火车中途停靠换乘的间隙，游人们纷纷奔向车站对面的空地，五颜六色的鲜艳滑雪服点缀着雪地，瞬间为苍茫大地带来勃勃生机，不同国别的人们在雪地里欢舞、嬉戏、打闹，欢笑成了这个露天游乐场的通用语言。

当我们抵达史芬克斯观景台时，暴风雪下得更猛烈了，玻璃窗外白雾茫茫，能见度很低，紧紧贴着玻璃窗的雪花被暴风刮得四处乱窜，已完全失去优雅和飘逸。山顶的风雪太大，无法外出到观景台，大量的游人聚集在观景屋内，我领着小睿席地坐在观景屋内的台阶上，拿出干粮来充饥，辉哥兴致勃勃地挤向观景台的门口，真真要去领略一下欧洲之巅的暴风雪。等他回来时，帽子已经被风刮跑了，头发像是刚被狂风席卷过的麦田，东倒西歪不成章法，他的刘海上、睫毛上都沾满了冰花，鼻子冻得通红，看上去狼狈不堪，但他意犹未尽，怂恿我一定要去体验一下。

架不住他好说歹说，换他留下来看着小睿，我跟着另一群人沿着导引索走到观景台的门外去，把自己置身于生平从未见过的暴风雪中，看它究竟有多凛冽，看我是否心生恐惧。风很大，卷着雪花肆无忌惮地乱窜，才刚走出门外两步，我的脖子、脸颊甚至嘴里都已灌满细碎的雪花，观景台上除了白茫茫的雪之外，远处隐约有一面在风中狂舞的瑞士国旗。一群人随着狂风的嘶吼激动起来，他们借助风力高声嚷嚷着把自己的情绪推到沸点，我被夹杂在风雪声和喧闹声中，只觉风力太大，脚下和心里都不够踏实，默默认怂地退回观景屋来。

风萧萧，雪茫茫，辉哥和小睿都心满意足，但我总觉得心有遗憾，冬季的少女峰没有山花遍野的绚烂，暴风雪的肆虐遮盖了她的容颜，少女峰之旅实在太过苍白。

天色已临近黄昏，我们从另一条火车路线下山。火车缓缓驶入半山腰的一个车站时，山间小镇华灯初上，零星散布着的木屋被笼罩在一片柔和的光晕里，风变得温柔起来，鹅毛似的雪花轻轻飘落，这画面像极了幼儿绘本里的童话世界。我被车窗外的画面深深地诱惑，竟然鬼使神差地下了车，站在车站前怔怔地看着眼前的景象，时间似乎就此停滞，周围的一切都与我无关，我只顾陶醉在幻想的童话世界里。

"叮叮叮叮叮……"不知过了多久，一阵急促的车铃声把我的思绪拉回现实。糟糕，火车要出站！我赶忙朝着车厢门口的方向跑去，辉哥和小睿在车窗内着急地催促着我，但已经来不及，火车慢慢地关上门，然后绝情地开走了。雪天路滑，我跑得仓促，一不小心滑倒跌坐在地上，我的脑海一片空白，一时间竟不知该如何是好，下车时只随手拿了手机，我的现金、护照、瑞士通票和其他东西，全都在辉哥的背包里。

错过班车，身无分文，我孤零零地坐在雪地上，听见自己的内心崩溃的碎裂声。

车站的工作人员见我摔倒后久久未站起来，急忙跑过来扶我，询问我是否需要帮助。我把自己的遭遇告诉他，他听后淡淡地笑道："不要为错过的班车而哭泣！你可以等下一趟车。"

事实上，除了等下一趟车，我也别无他法。他示意我跟他回到车站办公室，又用座机打了几个电话后，说："好了！下一趟车大概半个小时后到，你可以让你的丈夫在因特拉肯站等你，那里是总站，到站后你再向乘务员补充出示车票。"

悬着的心终于落了下来，我向年轻小伙表达了深深的谢意。离下一趟班车来的时间还远，我干脆安下心来，好好打量一下这个让我意外滞留的小镇。

天色已经黯淡，山间的气温骤降，白天熙熙攘攘的车站，现在已是冷冷清清。喧嚣散尽，忙碌的小镇终于在夜幕降临时得以安宁，皑皑白雪之下，光晕环绕着的深色的小木屋星星点点地装扮着苍茫大地，昏黄的灯光里透露着温暖和慈悲，更孕育着勃勃生机，白雪覆盖的小镇变成了现实的童话世界。在那黄昏正当时，也有炊烟袅袅直上，看那灯火阑珊处，悲欢故事仍未落幕。

我站在雪地里，聆听着雪落的声音，每一片雪花都有故事，每一片雪花都在歌唱。不要为错过的美景而遗憾，不要为错过的班车而哭泣，雪景并不苍白，苍白的只是我的执念，我执着于夏季时少女峰的繁盛绚烂，却忘记冬天时少女峰的刚正凛冽。

在因特拉肯站与辉哥和小睿汇合后，我按捺不住心中的窃喜，得意洋洋地向他们炫耀道："这是一场绝妙的旅行，虽然有些意外，虽然时间短暂，但它就像一杯好酒，在我的心里留下美好的回忆。"

寻隐者不遇

很久以前，一位不知名的背包客路宿吉美尔瓦尔德（Gimmelwald），他在一家民宿的留言簿上写道："如果天堂不是人们想象的模样，请把我留在 Gimmelwald！"

瑞士少女峰地区有很多迷人的小镇，交通枢纽因特拉肯、梦幻山坡格林德尔瓦尔德（Grindelwald）、瀑布小镇劳特布龙嫩（Lauterbrunnen）……几乎所有关于少女峰地区的旅行攻略或游记，都会浓墨重彩地介绍这些知名小镇，却鲜有人提到吉美尔瓦尔德。吉美尔瓦尔德是个僻静的小镇，种种不得知的原因导致游人罕至，究竟是什么吸引了背包客？后来他留在那里了吗？……一系列的疑问，勾起了我的好奇心。

我把吉美尔瓦尔德安排进行程，除了满足好奇心之外，也可以完整地体验瑞士交通。瑞士的公共交通既便利又准时，而且一张通票就能解决公路、铁路、水路、山路等出行需求。瑞士通票被小睿称为"神奇车票"，不仅可以在规定日期内无限次乘坐公交车，还可以乘坐火车、轮船、缆车及部分登山小火车等多种交通工具。

吉美尔瓦尔德位于少女峰地区的山腰上，交通换乘复杂，我们需要先坐火车到劳特布龙嫩，换乘缆车到葛鲁奇阿尔普（Grutschalp），再换乘登山小火车到米伦（Murren），然后徒步到吉美尔瓦尔德。考虑到路途遥远，关于吉美尔瓦尔德的攻略又太少，尚不清楚从米伦徒步过去的路况如何，因此，我把住宿地定在米伦，吉美尔瓦尔德之行就成了充满神秘色彩的寻隐者之旅。

我们乘火车到达劳特布龙嫩时，天空下起了小雨，山间的气温骤降，四周都是雾蒙蒙的。很多游客停留在车站前，坏天气和烦琐的交通阻碍了他们前行的步伐，前往米伦的游客少之又少，宽敞的缆车里只有几个乘客。

缆车沿着陡峭的山崖缓缓上行，山谷的风景尽收眼底，天气竟然也在瞬间变幻，刚刚还是阴雨绵绵，现已开始放晴，头顶的乌云散去，远处山间的小镇被一团团厚厚的洁白云朵簇拥着，像是飘浮在云端的小镇。

"哇！太美了！"游客们纷纷赞叹着。

"那是传说中的梦幻山坡吗？"辉哥指了指远方。我不确定那是不是梦幻山坡，但这一路的风景都很梦幻。

缆车抵达葛鲁奇阿尔普站，我们下车后不知该往哪里走。司机大叔招招手示意我们跟他走，原来他是个"全能选手"，一人担任整条路线的缆车司机、检票员、齿轮火车司机等多重角色。

尽管换乘复杂，但完全不用担心会不会迷路，在劳特布龙嫩与司机碰面之后，我们只管踏实地跟着他走即可，他会一路护送我们到达米伦。我暗自庆幸，这一趟瑞士交通体验之旅是值得的，虽然只有一小段，但已足够窥其精华，各种交通工具之间精准接驳，换乘时间安排合理。

在米伦的旅馆办理完入住手续后，我向老板打听吉美尔瓦尔德和那个神秘的背包客。旅馆老板拿出一张打印好的当地地图，很热心地帮我们规划前往吉美尔瓦尔德的路线。他把这条路线称为"鲜花小路"，涵盖周边不容错过的景致，也充分考虑了小睿的喜好和体力，但对我不停追问的那个隐居的背包客，他却只字未提，故意保留一份神秘，还满脸期待地说道："等你回来分享答案！"。

这位背包客到底是一个怎样的传奇？我更加好奇了。

天空已经完全放晴，旅馆老板催促着我们赶紧动身。按照他帮我们规划的路线，我们需要步行穿过米伦小镇，乘齿轮小火车到达艾尔蒙德呼贝尔（Allmendhubel），然后徒步穿过鲜花谷，到达吉美尔瓦尔德。

艾尔蒙德呼贝尔位于米伦小镇的上方，算不上是个村庄，更准确地说，应该是个观景台，面向少女峰，背对雪朗峰，是观看两座山峰的最佳地点。这里只有一个车站、一个咖啡馆和一个露天游乐场。很显然，这个游乐场是旅馆老板刻意为小睿安排的"战场"！

在瑞士，经常能见到免费的露天游乐场，山顶上、车站旁、公园里、湖边……艾尔蒙德呼贝尔的这个游乐场较为大型，超长的滑滑梯是小睿的最爱，他在那里玩得不亦乐乎，可我的心早已飞了，一心惦记着那个背包客。

好不容易等小睿玩够了，我们沿着小路往下走，很快就到了鲜花谷，虽然还没见识到吉美尔瓦尔德的美，但我觉得鲜花谷就是天堂的模样。花期已过，草儿依旧肥美，三五成群的牛儿在山谷里慢悠悠地吃着草。每一头牛的耳朵上都挂着专属的铭牌，跟我们的身份证具有同等功能。每一头牛的脖子上都挂着铜铃铛，"叮叮当当"的牛铃声久久地回荡在山谷里，响亮又悠长，一旦有牛走失，农场主循着牛铃声，便能很快找回牛。

山里的天气变幻莫测，刚刚还是蓝天白云，一眨眼的工夫，浓浓的白色大雾便像变魔术一样冒了出来，而且流速飞快，像从山顶缓缓飘下来的白色纱帘，又像是溢出盆来的香薰烟雾，转眼就飘满了整个山谷，淘气得像活泼的小精灵，一路把我们往吉美尔瓦尔德的方向赶。

鲜花谷已经满足了我的好奇心，等我到达吉美尔瓦尔德时，反而少了些许激动。吉美尔瓦尔德是个很小很小的村子，只能靠缆车通行或徒步抵达。这里只有民宿，没有餐厅，用餐需要到米伦小镇，别致的木屋散布在不太宽敞的柏油路两旁，游人罕至。村子里异常安静，安静得连虫儿唧树叶的声音都听得见。如果不是刻意寻找，一不小心就容易错过。

在这样一个小村庄里，要打听一个人是件很容易的事情。正在花园里忙碌的大叔听说我要找那个神秘的背包客，不禁哈哈大笑起来："能来到吉美尔瓦尔德的游客，绝大部分都是冲着背包客来的，你也不例外。"

看来，许多人跟我一样，对神秘的背包客充满好奇，但接下来的故事更让人感到意外。

大叔笑着说："原本这里没有背包客，是一个著名的欧洲旅行家在评价吉美尔瓦尔德时，写下了这句 'If heaven isn't what it's cracked up to be, send me back to Gimmelwald.' 不少旅行爱好者看到这句动人的话，纷纷来到吉美尔瓦尔德。一传十，十传百，就有了你们说的那个神秘背包客。"

原来如此！

虽然故事的版本不一样，但各有各的美妙之处。吉美尔瓦尔德不仅仅是一个景点，它已经成为旅行爱好者们心中的胜地。他们为了那句浪漫的留言，为了那个不可证实的传闻，不远千里来到这里，在听到真实版本的故事后，仍不禁惊叹道："哦！原来如此！"然后，我们都成了传说中的神秘背包客。

返回米伦的路上，我在想，旅馆老板肯定早就知道这个故事，但他没有过早地揭秘，还用心地帮我设计了"鲜花小路"，把惊喜留到了最后。

那么，我该给他一个怎样的答案呢？

情迷卢塞恩

卢塞恩（Luzern，又名琉森）位于瑞士中部，很早以前，它是一个只有几户人家的渔村。为了给过往的船只导航，渔村修建了一个灯塔，"Luzern"的拉丁文便是"灯"的意思，因此而得名。

城如其名，卢塞恩也成了许多人的心灵灯塔，历史上曾有许多名人在此流连忘返。奥黛丽·赫本选择在这里举行婚礼；托尔斯泰在这里写出同名小说《琉森》；大仲马称其为"世界最美的蚌壳中的明珠"……

知名度很高，但卢塞恩并不高冷，它最吸引人的地方并非高高在上的奢侈名表店，而是热闹非凡的罗伊斯河畔集市。许多去过卢塞恩的游人，都会在游记上写道："像当地人一样，去逛逛罗伊斯河畔的集市。"正所谓人间烟火气，最抚慰人心，集市往往就是当地人生活的真实模样。

每到周六，当地人像过节一样赶赴集市，面包师、奶酪师、农场主、手艺人纷纷上阵，把最新鲜的食材、最漂亮的鲜花、最精美的物品拿出来摆在摊上。他们都是佛系的生意人，绝不会在大街上扯着嗓子大声叫卖，而是面带微笑看着挤在摊前的游人，你看看也好，挑选也罢，或者只是好奇地问问，他们都会热情耐心地接待你。在他们眼里，自己的物品都是匠心之作，有人懂得欣赏，也是一件意义非凡的事情。

如果你有足够的时间，你大可以停下脚步来，跟卖风干牛肉的老爷爷聊上半个小时，他会从牧草的种植，牛的饲养，到生牛腿肉的挑选，风干牛肉的制作、切割和烹饪等，详细讲解给你听。至于生意，一切随缘，任凭摊铺前客来客往，他都会暂且放下不管，自顾自地与你闲聊。

卢塞恩集市上，最令人意外的是跳蚤市场。乍一听时，我脑海中浮现的是脏乱差的二手货市场，但到了现场后发现，它完全没有陈旧腐败的味道，随着时光的流转，老物件都拥有属于时光的独特光芒。

跳蚤市场竟然像一块磁铁一样牢牢地吸引着我，有很多游客都跟我一样，在这里停留的时间远远超出预期。跳蚤市场就是一座宝库，从稀有物品到各种古玩，从二手名包到古董相机，从奇装异服到创意首饰……充满想象力的摊主和琳琅满目的商品是这个市场的主角，有备而来的"猎人们"总会来讨价还价。不可否认的是，跳蚤市场的生意一点儿都不比蔬菜瓜果市场的差。

跳蚤市场贩卖的不是简单的物件，贩卖的是创意与自在，你可能会在此发现心中所想的一切，你也会在此遇见不一样的瑞士，以及不一样的瑞士人。不必着急赶路，你就做一个纯粹的看客吧，找一个带露台的咖啡馆，边喝咖啡边看风景。跳蚤市场已经演变成瑞士城市繁华街区里极具新意的景点，卢塞恩的跳蚤市场，绝对配得上一杯上好的咖啡。

连赶集都像过节一样，严谨的瑞士人更不会随随便便对待节日。

我最喜欢卢塞恩的冬日狂欢节，这是一个全城狂欢的嘉年华节日，甚至很多附近的法国人、德国人和意大利人都会特意赶来。成千上万精心装扮的人一同驱赶冬日的严寒，整个卢塞恩城都沉浸在一场华丽炫彩的庆典中。当你置身其中时，相信你也能真切地感受到，卢塞恩的冬天是炽热的。

夜幕降临时，城市被灯光点亮，卢塞恩像是被施了魔法一样，轮船上的烟火表演开始，卡佩尔广场欢呼声四起，卢塞恩冬日狂欢节拉开了帷幕，这座宁静的古城不再平静，顿时变成了一个光怪陆离的狂野大舞台。冬日狂欢节为期六天，打破常规的喧嚣和狂欢，人们穿戴上极富想象力的面具和服饰，以标新立异的造型成群结队地行进在古城中的大街小巷；其中一支乐队演奏着只属于冬日狂欢节的狂野节奏，许多店铺都暂停营业，老板和店员均举家出动，全身心地投入全城狂欢的庆典中。

天鹅广场的乐团对决尤其火爆，每个乐团都有标准的配备，从音乐总指挥、鼓手、架子鼓手、萨克斯手，到长短号手、长短笛手、主唱、说唱等，配备齐全。每个乐团也都有自己的主题装扮和完整演出，俨然都是专业乐团。

街上的主题剧也毫不逊色，每个家庭都有自己的表演主题，家长们精心制作了华丽的服饰、逼真的面具和各种道具，有圣诞家族、吸血鬼家族、森林动物园……绚丽的服饰和怪异的面具从四面八方涌向卡佩尔广场，人们跟随着乐队的节奏欢快地鼓掌，整个城市都随之摇晃。

这远远不只是一次狂欢，更是一场堪称完美的演出，无论是服饰、乐器还是曲目，处处都体现着瑞士人的专注、严谨和精致，他们为冬日狂欢节倾注许多精力和创造力，人人都是表演者，人人都是生活家。瑞士人的幸福指数，是写在脸上的，他们的内心也一定如此富足，无论晴雨，但觉生活如金。

别笑话我情迷卢塞恩，它的温柔让我忘记了烦恼和忧愁，而它的浪漫，让法国浪漫主义作家雨果写下了诗歌般的情书：

　　每块岩石是一个字母
　　每片湖水是一个句子
　　每个村庄是一个重音号
　　千百年的叙述像缕缕细烟四处飘荡……

湖畔骑行

卢塞恩湖（又称：琉森湖）是完全位于瑞士境内的第一大湖，湖面114平方千米，最长39千米，最宽3千米，最深处达214米。卢塞恩湖的湖岸线蜿蜒曲折，中间生出许多枝杈，将古老的卢塞恩城与周边的城镇、山峰连接起来，许多美丽的风景散布在其间。

卢塞恩是瑞士旅游的必到之地，这个城市的大街小巷里，一年四季都挤满了来自世界各地的游人，名气带给它的烦恼是热闹非凡，带给游人的烦恼是物价昂贵。卢塞恩城中心有很多酒店，还有各色各样的宿处、青年旅舍，甚至是简易的出租床位，但仍不足以承载与日俱增的游客量。

住宿价格高企，常常一房难求，我没能在卢塞恩城找到满意的宿处，只好把目光瞄向卢塞恩湖畔。湖畔观景酒店距离卢塞恩城约十分钟车程，虽也是价格不菲，但远离喧嚣又不至于沉寂，可与繁华的城市相望，又与静谧的卢塞恩湖比肩，是个完美的选择。

早晨醒来拉开窗帘，天空还聚集着厚重的灰黑色云层，远处的雪山苍劲有力，近处的卢塞恩湖似乎仍沉浸在睡梦中尚未苏醒，湖面上云雾缭绕，黝黑的湖水深不可测，当我目不转睛地凝望着它时，它也如深渊般凝望着我，深不见底的湖水蕴藏着令人恐惧的力量。

坐在露台等待太阳穿破云层，或是站在湖边的栈桥上聆听湖水苏醒的声音，或是一边信步湖畔一边领略湖水变幻，都令人心旷神怡。守得云开雾散时，湛蓝的天空深邃悠远，洁白的浮云缠绕在山间，雪山顶在太阳的照耀下，呈现出日照金山的奇观。卢塞恩湖苏醒过来，湖水由黝黑色变成深蓝色，倒映着蓝天、白云和雪山，你再次凝望它时，看到的是透彻和纯粹，内心也会慢慢归于平静。

我曾经幻想过以许多种方式游卢塞恩湖，乘轮船，坐公交，自驾……却从未想过，最终我会沿着卢塞恩湖畔独自骑行。

在酒店吃完早餐后，我们在大堂翻看当地的旅游指南，今天的行程还没有着落。有时候，没有安排便是最好的安排。酒店前台可以免费借用山地车，遗憾的是没有儿童座椅，简单商量之后，辉哥决定带小睿去参观瑞士交通博物馆，我独自一人沿着卢塞恩湖畔骑行，瑞士的治安很好，我们完全不用担心安全问题。

一家三口的旅行亲密无间，偶得的一次分开旅行让我兴奋不已，更何况这是一段完全属于我的旅程！我可以沿着湖畔慢慢骑行，可以坐在路边看人来人往，可以躺在草地上看云舒云卷，可以站在湖边看天鹅戏水……赶路的人脚步匆匆，孤单的人却不一定孤独，我总能找到与自己独处的方式，无论是在生活里还是在旅途中，即使形单影只，也满心欢喜。

酒店的服务生帮我准备了合适的山地车、头盔和护具，我先在酒店门前的空地上试了试车，确定安全无虞后，才在家人的目送下缓缓骑车出发。瑞士以湖光山色著称，每一张随手拍都是明信片，从山上看湖，静谧又神秘，从湖边看山，连绵且冷峻，看山山高，看水水长，但当我一步一个脚印地行走在这山水间时，才发现美丽的风景并非唾手可得，那些不曾走过的路，远观时美得不可名状，真正走在路上才能感知其中并存的苦楚与美丽。

酒店门口的那段路就是一个向上的大斜坡，出发的那一刻，我就注定要与地心引力来一场实力较量。没有队友，我既是骑手，又是啦啦队，但我最重要的角色是走在路上的旅人，而不是赛道上的选手，我不急于赶路，也不用为了输赢而拼搏，量力而行就是最好的状态。

爬上大斜坡，视野立马变得开阔起来。远处的雪山在缥缈的云雾间若隐若现，连绵的草甸像是大地披着的翠绿色轻裘，瓦蓝的天空中有几道飞机划过后留下的痕迹，蓝天白云、雪山大树都倒映在湖水中。湖边有一对洁白的天鹅正相互依偎着打盹儿，湖畔有几幢漂亮的童话木屋，湖边的大树上缠绕着青苔和枝蔓，一阵微风拂面吹来，带着卢塞恩湖的温柔和潮湿轻轻地拍打着我的脸庞，既滋润又清新。眼前的风景是被上帝亲吻过的画卷，我徜徉其间，仿佛置身于仙境，只想再放慢步伐，怎舍得匆匆赶路？

我沿着狭长的卢塞恩湖畔一路骑行，湖岸的风景不停地变换，有陡峭的山坡，也有平缓的小道，有肥美的牧场，也有曼妙的葡萄园，有设计感十足的酒店，也有气质古朴的教堂……

路过一座栈桥时，我把山地车停靠在桥边，解下一路保我安全的护具，身心瞬间轻松许多。我们孜孜不倦地追求一些物质，殊不知它们在给我们安全感的同时，也在不知不觉间变成了束缚我们的枷锁。坐在栈桥的尽头，我的世界安静下来，晴空万里，湖水湛蓝，浮云散去，远处的雪山清晰可见，海鸥飞来，停在我身边的木桩上，不知从哪里跑出来一只傲娇的小猫，身体柔软地绕着木桩转了半圈后，卷着尾巴静卧在我的身边……回程已不再重要，我更关注当下。

从踏上征途的第一步起，山地车、风景、道路便与我心共存，我留意着沿途的风景，也关照着脚下的节奏。人生没有白走的路，每一步都算数。当前进的节奏与内心的欲望达到和谐的状态时，我真切地感受到油然而生的喜悦和幸福，当我全心全意地安住当下，简单到极致，便是自洽。

山峦皇后，俯仰之间皆风景

当少女峰被掩盖在皑皑白雪之下时，瑞吉山拥有的远远不只是苍劲的雪山，还有缥缈的云海、蔚蓝的湖泊、褐色的木屋、苍翠的树林、碧绿的草甸……如果说冬天的少女峰是洁白的、刚烈的，那么冬天的瑞吉山就是多彩、柔软的。

瑞吉山是有着悠久历史的观光胜地，早在14世纪就有相关文献记录，正式得名于17世纪，"瑞吉"意为"山峦皇后（Regina Mountium）"。不负盛名，瑞吉山是名副其实的山峦皇后，位于阿尔卑斯山的最前沿，是瑞士中部最有名的瞭望台，仰可远瞻连绵的雪山，俯可瞭望阿尔卑斯山脉全景观，从瑞士的湖光山色延伸至德国黑森林和法国大平原，瑞吉山的景致最为丰富、色彩最为多样，像一幅延绵不绝的画卷，在人们的眼前一边流淌一边舒展开来。

自古以来，瑞吉山就是声名在外的日出日落观赏胜地，站在瑞吉山顶的瞭望台，能看到大大小小共13个湖泊，视野内美丽的阿尔卑斯全景和丰富多彩的景致，令游人流连忘返，众多王公贵族和名人墨客也闻其盛名而前来造访。早在19世纪初期，韦伯、门德尔松、雨果等文化名人就曾在此留下足迹；1816 年，瑞吉库尔姆酒店建成于山顶，接待过许多名流；1864 年，英国女王维多利亚亲临瑞吉山；1871 年，瑞吉山修建了登山铁道，是全欧洲最早的登山铁道，带来了络绎不绝的观光游客。

登山铁道已于 1937 年实现电气化铁路通车，但至今仍保留着古老的蒸汽机车，会在特殊的日子里行驶。我们先从卢塞恩乘坐游轮到达菲茨瑙（Vitznau），再换登山铁道上瑞吉山，如果足够好运，或许还能遇见从旧时光里穿梭而来的蒸汽机车。

清晨，卢塞恩湖尚未苏醒，浓浓的晨雾笼罩在湖面上，远处的雪山沉浸在灰蒙蒙的氤氲里，烟波缥缈，山、水、天共一色，像一幅缓缓流动的水墨画。早晨的清冷无法阻挡游人的热情，卢塞恩码头人头攒动却不喧闹，大家都不约而同地放低声音，不愿打扰湖面的平静。

悠长的汽笛声划破长空，在这平静的早晨显得格外刺耳，停在桥下做着美梦的鸳鸯被惊起，游轮缓缓开动，聒噪的螺旋桨未能搅起多少浪花，恬静的湖水随着游轮的移动，温柔地向远处荡漾开去，像轻柔飘扬的墨绿色丝绸，任你兴风作浪，我自波澜不惊。我坐在甲板的长凳上，等待云开雾散，太阳慢慢升起，天空景物变幻，时而云雾弥漫，时而阳光灿烂，时而娇羞似水，时而豪情万丈。

游轮驶进菲茨瑙码头时，太阳已经爬上山头，天公作美，晴空万里，游轮上的观光客们都迫不及待地想要登上瑞吉山，一览阿尔卑斯山脉的胜景。今天蒸汽机车不营业，停靠在铁轨上等候我们的是鲜红色的齿轮火车，这一抹鲜红色令人眼前一亮。它像是一个调皮的小精灵，在湛蓝的天空、碧绿的湖水与苍翠的树林之间穿梭着，所到之处，都被点缀得尤其显眼。

齿轮火车沿着陡峭的登山铁道向上攀爬，随着海拔的升高，视野也变得更加开阔，卢塞恩湖已被远远地抛在视野下方，湛蓝的天空倒映在湖面，水天相接之处犹如天空之镜，湖水已由早晨的灰黑色变成了不可思议的靛蓝色，从湖面升起团团的白雾，像松松软软的棉垛一样环绕在雪山脚下。

火车稳稳地停靠在山顶车站，从车厢里走出来的那一刻，我们像是脚踩在靓丽的明信片上，俊美的阿尔卑斯山脉就在眼前，连绵起伏的雪山苍劲有力，山顶的皑皑白雪、山间的苍翠树林与草甸、山底的蔚蓝湖水相互映衬、相互点缀。站在山顶可 360 度旋转着看向远方，视野开阔，毫无遮挡，湖光山色尽收眼底，瑞士旅游明信片上的所有靓丽元素都在其中，蓝天、浮云、雪山、翠林、草甸、湖泊、森林、平原、悠闲的牛羊、滑雪的游人……在瞭望台的边缘处，有一个高高的木制十字架，不知它是有特殊寓意，还是仅仅是一个地标。站在十字架前向远处眺望，可以看到一个美丽的桃心湖，形状规整，爱意浓浓，大自然不仅有一双鬼斧神工的手，更有一颗温情浪漫的心。

山顶最高处是瞭望台，中间屹立着一块来自祖国四川峨眉山的形象石，石头上刻着"峨眉山石"，地上印有中英双语地标："Mt Rigi - Mt Emei：8，013km 瑞吉山－峨眉山：相距 8013 千米。"远在 8000 千米之外的峨眉山顶，也屹立着一块从瑞吉山漂洋过海而来的形象石，两山互赠的形象石，让游客可以在两山顶峰欣赏到另一座山的形象标识。

瑞吉山海拔高 1875 米，最早的文献记录出现于 14 世纪，于 17 世纪得名，而峨眉山海拔高 3099 米，山名最早见于西周，春秋战国时期便闻名于世。虽然远隔 8000 多千米，你有你的俊美风骨，我有我的柔情妩媚，但瑞吉山与峨眉山有着惊人相似的山峰轮廓，在两座山的顶峰都能欣赏令人陶醉的美景和日出日落，如此缘分，再加上中瑞两国的努力，让她们成为友好合作、互敬互爱的姊妹山。两山的友好关系见证着中瑞两国的美好友谊，也打开了两国文化交流的大门。

瑞吉山无愧于"山峦皇后"的称号，景致丰富，包容并蓄，眼里存山河，胸中有丘壑，俯仰之间皆为曼妙的风景。

命运里的美丽伤痕

《命运里的美丽伤痕》是一部凄美的法国电影，我把它与瑞士之旅联系在一起，是因为在瑞士的卢塞恩湖畔，有一个美丽的小镇名叫Merlischachen（音译：梅尔里斯查岑），德语发音与"美丽伤痕"很接近，也富有哲理。

既是伤痕，又怎能是美丽的呢？

《命运里的美丽伤痕》这部电影基调哀伤，却又有些妖艳的色彩，三个同住巴黎却长年不相往来的亲姐妹，各自面对情伤、痛苦而压抑地生活。精神紧张的大姐苏菲怀疑自己的丈夫婚内出轨，一心想要寻回父爱的二姐莎莲倔强而孤独地保持单身，小妹安妮爱上不负责任的老教授并怀上他的孩子，命运的枷锁紧紧地将她们禁锢，令她们动弹不得。肆意捉弄她们的远不止现实生活的际遇，不可言说的童年阴影才是她们痛苦的真正根源。

童年时期，三姐妹家发生一场重大变故，她们的父亲因被传与学生同性恋而身败名裂，争吵中发生意外又致使妻子高位截瘫。万念俱灰的父亲绝望地坐在窗台上看着年幼的三姐妹，眼神里充满万般不舍，但他仍旧决然地背身从窗户纵身而下跳楼身亡。此后，三姐妹背负着痛苦与煎熬，化身为美丽蝴蝶各自飞散而去。尽管刻意逃避，但难以磨灭童年的阴影如同鬼魅一般，经久不息地影响着她们的一生，三只受伤的蝴蝶渴望并寻找爱情，试图用爱情来摆脱内心孤独、治愈童年创伤，却终究还是为情所伤。

看似偶然出现在莎莲身边的神秘男子，却是命运给她们安排的又一次玩笑。这名男子正是当年与父亲传出绯闻的学生，他道破了事情的真相。原来她们的父亲与那个学生之间并无不正当关系，只是那个同性恋的学生单恋她们的父亲，在自愿脱光衣服试图亲近她们的父亲时，被女儿看见、被他人误解和谣传，而真正的罪魁祸首是她们的母亲，在背后操纵一切，最终导致这一出家庭悲剧。

当她们带着残酷的真相和万般的不解，与终身残疾且日益衰老的母亲见面时，她竟然没有一丝的愧疚，只是冷冰冰地拿出一封早已准备好的信，似乎早就在等待真相揭晓时刻的到来。信上只简单地写了一句话："我从不后悔所做的事。"

无法想象，她们的母亲心中藏了多少爱与恨、苦与痛，在悲剧发生之后，不仅承受着终身残疾的痛楚，也承受着内心深处的仇恨煎熬，以至于在弥留之际，她仍然不能释怀。道出真相的学生最终得到解脱，但知道真相后的三姐妹，又该如何继续往后的生活呢？

请不用担心，梅尔里斯查岑只是发音与"美丽伤痕"相近，那个悲伤的故事并不是发生在这个清静的小镇的。

网上几乎没有关于梅尔里斯查岑的游记和攻略，我们仅凭着谷歌导航搭乘火车而来。火车停靠在一个小山坡上，列车广播提醒着我们，这里就是梅尔里斯查岑站，它的简陋和冷清把满怀期待的我们打了个猝不及防。火车站只有一间紧锁着门的小房子和一张饱经风霜的长条凳，铁轨从远处蜿蜒而来，又兀自蜿蜒着奔向远处，来往的火车不曾带来卢塞恩的繁华，当然也带不走梅尔里斯查岑的宁静。

卢塞恩声名远扬，周边的小镇都被淹没在它的繁华和热闹中，尽管只有 20 分钟车程的距离，但梅尔里斯查岑与卢塞恩却是两个完全不同的世界。卢塞恩熙熙攘攘、异常热闹，中世纪古城的厚重气质与现代商业的时尚气息剧烈冲撞着，无处不在的喧闹声彰显着这个城市的受欢迎程度。不远处的梅尔里斯查岑坐落在青山脚下、卢塞恩湖畔，山林里微风荡漾，湖面上水波泛起，万物都不由得安静下来，生怕惊扰了风的歌唱与水的舞蹈。

沿着车站边上的小路往下走，很快就来到小镇的入口处。说它是个小镇，其实它更像个小村庄，站在入口处，一眼就能从小镇的这头望穿到那头，正值午后，路上看不到人影，小镇上最显眼的便是鲜花盛开的 Chalet。

Chalet 是瑞士独具特色的山地农舍式小木屋，深褐色的木材散发着悠久岁月的味道，倾斜的尖尖屋顶是 Chalet 的独特标志，略显狭窄的窗户规规整整。无论春夏还是秋冬，窗台前总是绽放着绚丽多彩的鲜花，明亮了路人的眼睛，更装饰了住客的美梦，为小木屋增添一道靓丽的风景线。

瑞士有很多酒店都是由 Chalet 改造而成，深受世界各地游人的喜爱，许多人的瑞士旅行清单里都有体验 Chalet 的选项，独特的木质建筑和窗前绽放的鲜花是游人热衷于 Chalet 的重要原因。耸立在我们眼前的这幢 Chalet，就是我们今天要入住的酒店，尽管梅尔里斯查岑很小，没有特别景点也没有娱乐项目，半日游就可以把它逛遍，但我们不愿做匆匆赶路的过客，慢下脚步，抛开行程，旅行的中途也需要适度地放空身心。

酒店为我们安排了一间酒桶屋，床就是一个大大的酒桶，暖色调的灯光打在酒桶里，整个床都被烘托在温暖的氛围里，躺在酒桶床上，枕着酒香入眠，做个悠长美梦，所谓醉梦一场，大抵就是如此。酒桶屋有一扇后门，后门外的露台与卢塞恩湖畔相连，站在露台上举目四望，梅尔里斯查岑所有的景致都在眼前，远处的青山岿然不动，近处的湖水静谧不语，悠然间抬头，便看见长长的鲜红色的火车在青翠的山腰间穿行而过，这竟是一幅流淌的画卷，不禁令我怦然心动。

　　闲下来时，我和辉哥讨论起电影《命运里的美丽伤痕》，大姐苏菲最终选择与丈夫分居，放自己，也放爱情一条生路；二姐莎莲依然单身，父亲的"平反"打开了她的心结；小妹安妮心中的恨意最终以老教授身亡而画上了休止符。一个误会导致的家庭悲剧，改变了一家五口的命运，而在真相揭晓之后，她们的母亲仍旧选择沉浸在仇恨里不肯自拔，三姐妹的生活波澜再起，或许她们仍要用余生的精力去治愈童年阴影，也或许她们会从此摆脱命运的枷锁，最终与自己、与过往和解。

　　我问辉哥："你的命运里，有没有美丽伤痕？"

　　辉哥认真地思考之后，沉重地说道："有啊！就如歌里所唱的，一想到人生中后悔的事，梅花便落满了南山。"

　　每个人心中都会有些许遗憾，或多或少，或深或浅，可能是一个无意的错误，可能是一个不经意的玩笑，可能是一个亲人的离去，可能是一次痛苦的失恋……种种遗憾都有可能成为命运里的美丽伤痕。它们不可避免地到来，人们在备受痛苦煎熬的同时，更要学会接纳痛苦、尝试挣脱命运枷锁的禁锢。伤痕之所以美丽，是因为它的出现改变了人们的生命轨迹，让遭受痛苦的人们更深刻地贴近生命的本质与自己的灵魂。

以巧克力之名

　　"瑞士，Switzerland" 这个国名，自带甜蜜的味道，很容易让人把它联想成"甜蜜的土地"。它在我心中最初的印象，就是瑞士莲巧克力的模样，柔软滑糯，滋味甜蜜。

　　瑞士的街头到处都是巧克力店，瑞士人对巧克力的热爱，是深入骨髓的，巧克力已经成为他们的生活必需品。瑞士是世界上人均消耗巧克力最多的国家，拥有众多世界闻名的巧克力工厂。当然，最纯粹、最耐人寻味的巧克力，一定是历史悠久、限量出售的手工巧克力，它们大都是代代相传的家族生意，对外售卖的巧克力基本都是自主研发，为保证新鲜、品质和最佳口感，这些巧克力大都产量不高，制作完成后需在 48 小时内完成售卖，最好是在新鲜出炉后即刻享用，巧克力从你的舌尖消失的瞬间，你就会开始疯狂地想念它。

　　让我们以巧克力之名，来一场说走就走的味蕾之旅吧，不要错过这个国家独有的巧克力盛宴。

伯尔尼，莱德拉（Läderach）

伯尔尼这个城市有着独特的气质，低调不显奢华，沉静不失尊贵。在这个被时光遗忘的古老城市里，藏着许多享誉全球的手工巧克力店，但千万不要想象它们会拥有豪华阔气的门店，最美味的巧克力往往都隐藏在老建筑中、小巷子里。

在街头巷尾寻找巧克力店，已经足够浪漫，要是不经意间在转角遇见它，那一定是缘分使然。莱德拉就是这样，在不经意间出现在我们的眼前。秋日的午后阳光温暖，光线丝丝缕缕地洒在莱德拉的玻璃橱窗上，仅仅是站在远处看着它，也是一场视觉的极致享受。

莱德拉在巧克力界享有盛名，被称为"巧克力中的劳斯莱斯"，是拥有纯正血统的瑞士顶级手工巧克力，迪拜帆船酒店和香港半岛酒店都把它作为指定的巧克力品牌。它对巧克力的原料与细节都有着极致追求，每一颗巧克力都是独一无二的精品，精致、丰富、真实、花样繁多、赏心悦目，视觉与味蕾的盛宴吸引了每一个过往的客人。

莱德拉拥有至高赞誉的背后，有一个美丽的传奇故事。1962年，充满冒险精神的鲁道夫·莱德拉夫妇租下阿尔卑斯山下的一家老面包店，着手打造两人梦想的巧克力事业。后来，因为发明出可填充内馅的顶级手工巧克力空壳，鲁道夫·莱德拉夫妇声名大噪，被喻为"天才巧克力工匠"，并因此获得诸多的世界大奖。莱德拉巧克力品牌距今仅有50余年的历史，与其他动辄上百年的欧洲巧克力品牌相比，还算是一个"新生儿"，但凭借独特的创意、极致的原料与细节追求、初生牛犊不怕虎的坚持，莱德拉巧克力品牌已成绩斐然。

莱德拉的巧克力有上百种口味，从传统且经典的牛奶巧克力，到顶级且奢侈的松露巧克力，从俏皮的五彩豆豆巧克力，到古怪的辣椒酸橙巧克力，从珍贵的巴西可可黑巧克力，到熔点极低、入口即化的冰川白巧克力……每一颗巧克力都是匠心之作，都会让你唇齿留香，再加上莱德拉经典的白色珍珠光泽纸盒包装，宛如一幅经典名画，拥有创意十足的独特感，让人倍感珍贵而爱不释手。

我们在柜台挑选了坚果巧克力，可大可小的碎片式选择，变化度十足。松脆的坚果夹杂在柔软滑糯的巧克力酱之中，入口的那一刻，巧克力的甜味和柔软便开始冲击舌尖的味蕾，坚果的酥香和清脆碰撞牙齿，唇齿间刚柔相济，恰到好处。

苏黎世，托伊舍（Teuscher）

比起伯尔尼的低调，苏黎世就显得奢侈繁华多了，诸多世界级银行聚集在此，是全欧洲最富有的城市，想低调也不太容易。这座城市的手工巧克力店，自然也是顶级奢华的。

托伊舍是瑞士最顶尖的巧克力品牌，于 1932 年在苏黎世创立，是香槟松露巧克力的发明者，拥有世界上最好的香槟松露巧克力。而香槟松露巧克力的发明，也是一段传奇。

创始人阿道夫·托伊舍有一个愿望，那就是在处处可见商机的苏黎世，流传一个属于他和托伊舍巧克力品牌的故事。在创立之初，阿道夫便非常注重巧克力的创新和品质管理，他在世界范围内搜集寻找最好的可可、干果等原材料来制作巧克力。但 1947 年的夏天，一场空前严重的热浪冲击了瑞士，也冲击了阿道夫和他的巧克力梦。

酷热的天气简直就是糖果商们的噩梦，阿道夫夜不能寐，坐在门口盯着院子里的两个香槟酒桶发呆，突然之间灵光一现，如果把香槟与巧克力混合，那味道会怎么样？越想越兴奋，阿道夫唤起已经熟睡的妻子，开始了他的试验。

经过长时间的反复试验和口感评价，阿道夫成功发明了令人满意的香槟松露巧克力，那独特的味道令许多巧克力爱好者们都为之疯狂。于是，阿道夫开始小规模生产，品尝过他的新产品后，顾客们都表现出极大的热情，阿道夫便开始加大规模生产。最终，阿道夫的愿望得以实现，一个全新的产品香槟松露巧克力，使他和托伊舍巧克力品牌被这个城市、这个国家乃至这个世界所熟知。

在香槟松露巧克力发明后的 20 年间，始终只有托伊舍家族独家生产，尽管有很多糖果商费尽心思去模仿和复制它，但从未有人超越过它。托伊舍作为瑞士最顶尖的巧克力品牌，其独特之处在于它的品质如一。托伊舍对产品严格要求，不添加任何化学添加剂和防腐剂，所有原材料均来自托伊舍的自有农场，世界各地销售的托伊舍巧克力全部由瑞士空运进口。

托伊舍的员工每天都会用心地去准备产品，在自有农场采集最好、最新鲜的原材料，配上最顶尖的手工制作工艺，每一颗巧克力都是纯手工制作，质量管理极为严苛。托伊舍不惜成本地来生产每一颗巧克力，保证品质始终如一，这也奠定了托伊舍在巧克力行业的霸主地位。

托伊舍的独特风味受到了世界各地人们的喜爱，从苏黎世到纽约，从温哥华至上海，从迪拜到东京……托伊舍把瑞士最杰出的巧克力带到世界各地，使之风靡全球。你又有什么理由能够拒绝它呢？

我们抵达苏黎世的托伊舍总店时，时值深秋，天空下起了小雨，气温骤降，街上行人稀少，托伊舍店内亮着柔和的灯光，给人以温暖的感觉，看见我们在拍照，漂亮的店员隔着橱窗比着手势，露出灿烂的笑脸，这标准的微笑也是托伊舍品质管控的标准之一吧。许久以后，我已记不太清香槟松露巧克力的味道，但每每翻看这张照片，那种感动和温暖犹在我心。

对不太爱吃甜食的我而言，巧克力过于浓郁，托伊舍的巧克力也是一样的甜，我忍不住问店员："为什么把巧克力做得这么甜？"

年轻的店员笑得像太阳一般温暖："This is the taste of our life!（这就是我们生活本来的味道啊！）"听到这个解释，我还有什么理由拒绝这浓郁香甜的巧克力呢？怪不得瑞士会成为世界上幸福的国度之一，巧克力为他们的幸福指数做出了卓越贡献。

重访苏黎世

第一次到苏黎世是与同事结伴，短暂停留之后便飞往荷兰，这座城市留给我的初次记忆，大多与工作相关，是高端大气，是气宇轩昂，是富贵奢华，全世界的金融从业人员，大概都会对它产生或多或少的向往之情，我亦如此。

时隔数年，携着辉哥和小睿重访苏黎世，这座城市竟然下雨了，走过瑞士的四季，领略过瑞士的风、花、雪和月，这是我在瑞士邂逅的第一场雨，而这场雨，定格了我对苏黎世的深秋记忆，是童话世界，是秋雨缠绵，是一半西风吹去，一半繁华落尽。

秋雨淅淅沥沥，似乎只在午后下了个把小时，就把深深的秋色扎扎实实地拓印在苏黎世，金黄的树叶、沉甸甸的果实被风雨打落在街上，我深爱这样的天然装饰，轻易就把我们带入秋天的童话。沉甸甸的果实像栗子，很是油亮新鲜，铺满街头却无人问津，实在可惜，问及路人才知，这是有毒的马栗子，味道苦涩，难以入口，比起果实，人们更爱的是七叶树的枝叶繁茂，无论是落英缤纷还是落叶纷纷，它们都大方地将颜色用到极致，装点城市的四季。

在街头转角处偶遇复古的有轨电车，毫不犹豫地跳上车来，跟随着它的行驶轨迹穿梭在富丽堂皇的街道上。苏黎世有轨电车系统自 1882 年开通运营，如今依然繁盛，没有像其他国际大都市一样被地铁替代，80%的当地居民都会选择有轨交通出行。雨天乘客不多，狭长的电车内，任意一个角落都是不错的观景位，我选了一个靠窗的位置，把小睿抱在怀里，一人一个耳机，在舒缓的音乐中看车窗外的雨中即景。有轨电车行驶在弯曲的街道上，旅途却不曲折，城市的风景和细节都不会被忽略，古老文化与现代艺术相融自洽，雨中的苏黎世不只有富贵奢华，更有一种洒脱从容和大气镇定，令人感到自在。

水脉是一个城市的灵魂，流经苏黎世市区的利玛特河将水的灵性与灵气灌注其中，也将城市一分为二，分为东西两岸和新旧两城。利玛特河的西岸有著名的圣母大教堂，其前身是建于 853 年的女修道院，13 世纪改为教堂，最令人瞩目的不是它的历史，而是它的建筑艺术。典型的哥特式建筑风格是它的外观亮点，直插天际的青铜钟楼塔尖令人过目不忘；由现代绘画史上的伟人马克·夏加尔创作的五扇彩绘玻璃是它的内在亮点，吸引无数来自世界各地的夏加尔迷们。与圣母大教堂相对，东岸是格罗斯大教堂，建于 11 世纪到 12 世纪初叶，是瑞士最大的罗马式大教堂、苏黎世的象征性地标，如今作为苏黎世的标志印制在许多纪念品上。它的两座塔楼样式非常独特，辨识度很高，被雨果打趣地称为"好一对硕大的胡椒瓶"，教堂内也有彩画玻璃，是瑞士现代艺术大师贾科梅蒂的作品。

利玛特河两岸是欣赏风光的好去处，但靠得太近反而不是欣赏教堂的最佳视角，站在河边稍远的位置，借着水光天色，倒更能映衬出教堂的恢宏气势。最为利玛特河生色的当属河上的水鸟。长期以来，苏黎世人都非常重视人与自然的和谐共存，重视保护自然环境，对动物十分友好亲近，这里成了水鸟们的天堂，天鹅、野鸭、海鸥、鸽子等众多鸟类长年栖居于此，也为城市和人们的生活增添色彩。

沿着利玛特河岸前行，视野开阔处是利玛特河与苏黎世湖交汇的地方。苏黎世湖是著名的冰蚀湖，像一弯新月般伴在苏黎世的身旁，它曾是交通运输要道，如今已成为著名的旅游观光地，田园诗画般的苏黎世湖畔是人们向往的理想居住地，湖畔北岸是名副其实的"黄金湖畔"，阳光也尤其偏爱这个地区，蜿蜒的湖畔附近矗立着琼楼玉宇和富人的别墅。

我喜欢在苏黎世湖畔散步，中世纪风格的鹅卵石小径、蔚蓝宁静的苏黎世湖时常引人思绪万千，湖面上偶有游船穿梭而过，激起些许波澜，船上的人在看两岸的风景，两岸的人在看湖中航行的游船，都是极具写意的享受。水鸟们似乎是从利玛特河蔓延至此，成群结伴地，时而在空中翱翔，时而在水上嬉戏，时而在广场觅食，时而与游人逗趣，人与鸟在利玛特河畔、在苏黎世湖畔的和谐共处，宛如一幅幅生动的画卷。

晴天时的苏黎世湖，微波荡漾，湖光点点，安宁平静令人陶醉其中；雨天时的苏黎世湖，细雨绵绵，淅淅沥沥，湖畔听雨是苏黎世湖的一道独特风景，雨水打在森林里、草地上、树枝间、花丛中，湖畔林间水雾腾起，湖起波澜，山野朦胧，宛若仙境。苏轼写有诗句赞美初晴后雨的西湖，"水光潋滟晴方好，山色空蒙雨亦奇"，借用来形容雨中的苏黎世湖，也是恰到好处。

然而，拥抱苏黎世的最佳方式，不是漫步街头，不是泛舟湖上，也不是湖畔散步，而是跳进苏黎世湖的怀抱。虽已是深秋，趁着午后的暖阳，仍有不少人欢笑着扑通跳进水里，湖水被掀起一阵波澜，但仍旧温柔地拥抱在水里嬉戏的人们。我是没有勇气在这日渐寒凉的季节跳进苏黎世湖的，只好盼着某个炎热的夏天再次造访时，也跳进苏黎世湖，与它热情地相拥。

第四辑　越南

遇见西贡

初识西贡，源于法国作家玛格丽特·杜拉斯的自传性质小说《情人》。看完书后又看了电影，杜拉斯把发生在西贡的爱情故事写得凄美动人，而梁家辉与珍·玛奇则把杜拉斯笔下的男女主角演得鲜活。游走迸发于心的爱恋与欲望，爱到尽头的孤独与无助，分离却未曾告别的无言与悲怆，直到岁月沧桑，直到容颜备受摧残，他依旧爱她如初。湄公河畔法国少女和中国情人的绝望爱情故事，在无数人心中种下难以释怀的"西贡情结"。

西贡是越南最大的城市，1975年南北统一后，为了纪念胡志明，这座城市被改名为"胡志明市"，不过它古香古色的旧名"西贡（Saigon）"仍旧会被人们忆起。西贡有着独特的历史印记，曾有"东方巴黎"之称，曾是东南亚最繁华的城市。时至今日，西贡缓慢闲适的原生气息中，仍旧裹挟着遗留下来的法式浪漫。

从严寒的北京出发，飞行3000多千米后，飞机穿过厚厚的云层降落在机场。这是越南的初春，迎面袭来的滚滚热浪是西贡给我们的见面礼。路边的河粉摊翻腾着白色雾气，飞驰而过的摩托车阵溅起水花朵朵，手推车上的法棍是当地人深爱的美食，偶遇漂亮的姑娘头戴斗笠身穿奥黛，一幢幢不经意的法式建筑，一杯杯口味醇厚的越南咖啡，使人清晰地感受到它的古朴与浪漫。站在熙熙攘攘的街头看车来人往，仿佛触摸到了这座城市的脉搏，让人清楚地感知它的激情与律动……跳跃的画面构成我对西贡的初见印象。

在西贡的每一天，都是从早晨的一碗河粉开始的。西贡的早晨最为繁忙，摩托车是马路上的最佳主角，无论走到哪里，永远都有摩托车声声声入耳，却少有喇叭声会扰人安宁。尽管路上人车飞驰，路两旁的早餐店里却不乏悠闲吃粉的人。早餐吃粉，无论是饮食习惯还是河粉口味，都与我的家乡很是相似，西贡的早餐和河粉常常让我恍惚，似是穿越时空，回到从前还在家乡生活的日常早晨。

每到一个城市，我都会去星巴克买一个印有城市名的杯子作为留念，而年幼的小睿却对明信片情有独钟，比起买纪念品，他更喜欢挑选心仪的明信片，让我帮他代写祝福，然后邮寄给亲人朋友。他曾在许多个城市邮寄过明信片，但只有屈指可数的明信片能够顺利抵达，尽管如此，他依然坚定地相信其他的明信片都在进行时光之旅，总有一天终会到达，他依然坚定地要在西贡的中央邮局给亲人朋友邮寄来自远方的祝福。

西贡的中央邮局建于19世纪末，是法国殖民时期的第一座邮局，与巴黎的埃菲尔铁塔出自同一个建筑师之手，至今仍作为城市职能的一个部分在正常运营。中央邮局的外观像是一座车站，大厅内部装饰华丽，每一处精心的设计都体现着浓浓的法式风情。

小睿精心地挑选明信片、用心地构思祝福语，由我代写之后，拿到窗口邮寄，然后又到木质电话亭内，拨打国际长途给外婆，用逻辑不太通顺的词句传递着自己的西贡见闻和新年祝福。邮寄明信片也好，在古老的电话亭打国际长途也罢，在我看来都是颇为怀旧的体验，但在小睿看来，这与时间无关，而是一种秩序感和仪式感。

明信片只是一个城市的小小缩影，要想接近它的本来面目，更应去看看它的夜色。黑暗掩盖真相，黑暗也使人卸下防备，华灯初上时，习习晚风让白日喧闹的城市归于安静，西贡悄悄地换上一身夜巴黎的装束，变得妩媚温柔，那份深藏在骨子里的法式浪漫，真真叫人不敢轻认。

最撩人的当属西贡河，如同一个生活在喧嚣尘世中的绝色女子，永远散发着西贡情人的魅力。趁着夜色沿河漫步，或是泛舟畅游，既能领略西贡河灯火璀璨的迷人夜景，也能领略西贡城最具现代化的部分。西贡河畔高楼林立，是这个城市最华美、最浪漫、最繁华的地方，犹如上海的外滩，夜色朦胧，灯光闪烁；倚城而过的西贡河蜿蜒流淌，虽是阅尽世事沧桑，却依旧娇媚温柔，正如杜拉斯在《情人》中写道："我认识你，永远记得你。那时候，你还很年轻，人人都说你美，对我来说，现在的你比年轻的时候更美，与你那时的容貌相比，我更爱你备受摧残的面容。"

在西贡河的渡船上，15岁的玛格丽特遇见她的中国情人，两人却因传统礼教和世俗偏见而无法走到一起，最终有了各自的归宿，而若干年后，两人再次相遇时，才知往事并不如烟，时间带走一切伤痛，却将温柔留在心底。杜拉斯笔下的爱情故事华丽而凄美，令人唏嘘，现实会将历史掩盖，而情感却会在尘封的记忆中，不经意地打开。

因为一本小说、一部电影，爱上一座城。我在西贡，遇见家乡的早晨，遇见怀旧的仪式感，遇见妩媚入骨的夜色，而你，会遇见什么？

去西贡喝杯咖啡

如果说世界上最好喝的热咖啡是在意大利，那么，世界上最好喝的冰咖啡一定是在越南。无论你喜不喜欢咖啡，给自己留点儿时间，去西贡喝杯咖啡吧，那是一种美好的生活方式，与优雅无关，与奢侈无关，只是一件日常小事而已。

1860 年左右，法国耶稣会传教士将咖啡带到越南，越南的咖啡历史深受法国的影响。在成为法国殖民地的一个世纪之后，咖啡在越南的土地上生根发芽、茁壮成长，成为继巴西之后的世界第二大咖啡生产国，并逐渐发展出独特且丰富的咖啡文化。越南咖啡融汇东西方文化，既渗透着东方的传统烙印，又带有西方的文化色彩，这种文化把传统观念上的咖啡消费，从原先的孤芳自赏转变成如今的平易近人，漫步在越南的街头，你总能领略到当地人边喝咖啡边悠闲聊天的生活方式。

喝咖啡对越南人而言是一件很日常的事情，咖啡已渗透到越南人生活的每一个角落，成为越南的"国民饮料"。从南部的最大城市西贡，到北部的中越边境山城沙帕，从旭日东升到华灯初上，都能看到人们或躺或卧或跷脚、正悠闲地喝咖啡的画面。越南的咖啡馆可谓遍地开花，仅仅是在西贡，就有大大小小共计 6000 多家咖啡店。最夺人眼球的莫过于咖啡公寓，在一栋由老宅翻修的十层公寓里，汇聚了 50 多家风格不同的咖啡馆，逐渐成为本地时髦青年的聚集场所，成为世界各地的咖啡控们必去的朝圣之地。

若有人问在越南哪里才能喝到上好的咖啡，那他一定是不够了解越南。在越南，无论是在装修豪华的咖啡厅，还是街头的露天咖啡馆，或是手推着沿街叫卖的咖啡车，都可以喝到最正宗的咖啡。

越南拥有得天独厚的地理位置和气候条件，十分适合咖啡的种植和生长。北部地区种植少数的阿拉比卡豆；南部地区种植的罗布斯塔豆则是越南咖啡豆的生产大宗，拥有绝佳的品质和风味，成为全球咖啡业的一匹"黑马"。

越南人对罗布斯塔豆情有独钟，其咖啡因含量高，味道浓烈，具有很好的醇厚度，在香气方面却较为单调。于是，人们进行大胆的创新，在烘焙咖啡豆的过程中加入特殊的奶油，既提升了咖啡的醇厚，又增添了突出的奶香，口感回味悠长，独有一番风味。

越南咖啡的风情，还在于其冲泡过程的特殊。越南人制作咖啡不是用咖啡壶煮，而是用一种特殊的滴漏咖啡杯，底部是特制的玻璃杯。装上适量的管状冰块，在玻璃杯口架上铝制的咖啡冲泡器，冲泡器里装着紧密压实的现磨咖啡粉；加入热水萃取，任凭咖啡粉吸饱水分后，褐黑色的咖啡一滴一滴地穿过冲泡器底部的滤网，砸在中空的管状冰块上；热咖啡迅速遇冷，并与冰块充分融合，产生一股奇特的混合着奶油的咖啡香，就成了一杯地道可口的越南冰咖啡。喜欢甜口的客人，可在冰咖啡中加入适量炼乳，搅拌均匀之后，炼乳的甜腻能够很好地平衡罗布斯塔豆的厚重苦味。这款咖啡深受西方游客的喜欢，在越南咖啡餐饮中占据一席之地。

不用担心是否能够喝到好咖啡，越南的每一个咖啡壶都会给你提供真正好喝的咖啡，即便是推车沿街叫卖咖啡的小贩，也不会在制作咖啡的过程中偷工减料，用最经典的滴漏法，冲泡出最纯正的咖啡味道，是越南人最在意的事情；也不用担心咖啡的价格过于昂贵，几块钱人民币就可以买到一杯最正宗的越南咖啡。

　　喝冰咖啡时需要慢慢斟酌，越南人喝咖啡，是一定要"啜"的，不是喝，不是饮，也不是吸，而必须是"啜"，所有的忧愁烦恼，都在小啜一口咖啡之中消失殆尽，所有的休闲惬意，都在小啜一口咖啡之中尽显淋漓。啜上一小口冰咖啡，待到冰冷慢慢退却，味觉重新占领味蕾，咖啡的香味渐渐变浓，炼奶的香甜渐渐释放，喝咖啡的人被包围在这片亦苦亦甜的香氛中，咖啡与奶香在齿间回味，难耐的酷热都随冰凉的咖啡消失。

　　我最爱的不是冰咖啡，而是鸡蛋咖啡。初次听到这个名字时，我不禁皱起眉头，难以想象第一个把鸡蛋加入咖啡中的人，是怎样地异想天开，但尝过一口鸡蛋咖啡之后，我就像是发现了新大陆，一发不可收拾地爱上了它。

　　法国人将咖啡带到越南，却难以适应越南咖啡豆的苦涩味道，他们将新鲜牛奶加入咖啡中，做成拿铁或是卡布奇诺，去除越南咖啡中的一丝辛辣和杂味，但对当时贫穷的越南人而言，鲜牛奶昂贵且难以保存。为了一杯不苦的咖啡，越南人开始绞尽脑汁，加入炼奶是最简单粗暴的方法。直到1946年，一位调酒师的登场，终于把越南咖啡玩出了新花样。

　　调酒师将鸡蛋打发成黄色奶油状，替代卡布奇诺的那层奶泡，撒上糖和炼奶，充分搅拌均匀，倒在咖啡上，绵柔甜蜜的蛋黄奶泡，撞上极尽苦涩的黑色咖啡，不仅让咖啡变得香甜，更让咖啡产生一种美妙的奇特质感，像极了卡布奇诺，又像是流动的提拉米苏。轻轻啜上一口鸡蛋咖啡，轻盈的蛋黄奶泡让舌头酥软，随之而来的是醇厚咖啡香气，甜蜜与苦涩在味蕾间回转，真真妙不可言。对味蕾的百依百顺，和艰苦环境下的急中生智，让大胆的调酒师创造出这杯奇特的鸡蛋咖啡，并很快成为越南的全民爆款，被誉为越南版的卡布奇诺。

　　不得不说，要打造一款人人喜欢的爆款咖啡很有难度，但鸡蛋咖啡已然成功，即使是那些不经常喝咖啡的人，也会被鸡蛋咖啡的美好味觉体验所打动。鸡蛋咖啡的发源地在河内，但在西贡，只要用心寻找，仍能找到惊艳的鸡蛋咖啡。

在西贡喝咖啡，我学得最为透彻的事情便是浪费时间，时间在这里不算是奢侈难得的东西，耐心地等待咖啡一滴一滴地落进杯中，少则需要20分钟，多则需要一个小时，即使在路边的街头咖啡挑子，也是一样的制作程序，并不含糊。在咖啡的氤氲香气中静静地消磨无尽的时光，这种悠闲在现代化都市中已经难得一见，好像只有越南才有。恐怕也只有越南人才有这样好的性子耐心地等着一杯咖啡滴完了，再慢慢吞吞地喝下去。

给自己留点时间，去西贡喝杯咖啡吧，别着急地喝，一定要慢慢地啜。

只为那一碗粉

当经历和情感与味觉发生关联，人们的感官会变得无比勤奋，记忆也会变得异常鲜活，我们的一次次旅行，其实也是一场场觅食，每每回忆旅程，率先浮现于脑海的定是那些令人回味无穷的当地美食。

说起越南美食，人们脱口而出的自然是越南河粉，走在越南的大街小巷，食肆招牌上出现最多的字眼就是"Pho"，"Pho"在越南语中即指河粉，读作［f］。

20 世纪初，广东移民将河粉带到越南北部。最初，河粉只是一种早晚出售的街边小吃，算不上主食，经过越南人的改良之后，越南河粉不仅吸收了东方美食的文化精髓，更是独树一帜地融合了法国的烹饪技巧，逐渐演变成越南的经典美食，征服了越南人，也征服了许多海外食客。如今，越南河粉成功销往世界各地，在纽约、巴黎、伦敦、柏林等诸多国际大都市都能看到越南河粉的影子。

一碗正宗的越南河粉由汤底、河粉、肉和配菜组成，将河粉放入精心熬制的汤里，佐以生菜、香叶、青葱等配菜，再配上切片的牛肉或切丝的鸡肉一起食用。在不同地区，越南河粉又略有差异，比如在北部的河内，人们喜欢吃宽条的河粉，汤底较为清淡，加的配菜较少，会加入较多的青葱来提香；但在南部的西贡，人们更喜欢细条的河粉，更喜欢浓郁偏甜的汤底，加的配菜也更为丰富，通常会加入胡萝卜、西兰花等。

无论是南派还是北派，越南河粉的美妙滋味自是毋庸置疑，美食作家蔡澜先生对越南河粉如同追求爱情，甚至亲自开了一家越南河粉店。他对越南河粉可谓毫不吝啬赞美之词："面前的这一碗牛肉河粉，灼得刚刚够熟的生牛肉，色泽有如少女唇部之粉红。河粉纯白米制造，像她们身上的旗袍，如丝如雪。再将这一口汤喝进口，像一场美妙的爱情。"

在西贡，每天早晨一碗河粉是日常标配，吃过许多碗河粉之后发现，每一碗都很纯正，但又各有风味、各自惊艳，去问当地人哪家店的河粉才最好吃，当地人不约而同地答道："我家楼下的那家！"这其间的奥妙，便藏在汤底里。蔡澜先生曾说："好吃的牛肉河粉，用汤匙舀了一口汤，喝进口，从此上瘾，一生一世，都想追求此种味道。这个说法，一点也不夸张。"确实如此，汤底才是一碗越南河粉的灵魂。

越南河粉的汤底，跟我家乡的汤一样，是需要用尽耐心慢慢熬煮的。牛肉河粉的汤底通常是用牛骨熬制而成，牛骨反复清洗干净，放入清水之中熬煮；经热油爆炒的洋葱、大葱和生姜，少了些许辛辣，多了一份迷人的清香味道，用来炖汤最为适宜；胡萝卜和甘蔗为汤底增加鲜甜口感，经热锅翻炒的桂皮、豆蔻、丁香和八角香气十足，远比未经处理过的同类更能释放魅力，但再好的佐料，也绝不可在汤中长时间熬煮，否则会炖烂成糜，或是味道过重而影响汤底的鲜味。经过十余个小时的熬制，牛肉汤底清亮澄澈，既有蔬菜的鲜甜，又有牛肉的咸香，毫无油腻之感，还隐约包含着香料的味道，散发出浓厚却不张扬的香气，让人闻之味蕾躁动。

将滚烫的牛肉汤底加入铺上生牛肉片的熟河粉中，粉红的生牛肉片瞬间被高温的汤汁烫得发白，此时牛肉处于熟与不熟的边缘。当一碗热气腾腾的河粉端上桌来，不要着急地将配菜倒入汤里，先喝上几口甘醇的牛肉汤，感受汤底的原汁原味，之后再将配菜撕碎撒入汤中，不同口味的新鲜配菜与汤汁之间发生有趣的味觉反应，河粉在汤中缓缓吸收这一反应带来的新鲜风味。

之后，将新鲜的九层塔、刺芫荽撕碎撒入汤中，再放上一小撮鲜嫩的豆芽菜、洋葱丝和几个呛鼻子的塞拉诺辣椒圈，原本清淡的汤底又增添了几分层次。后来在国内、在欧洲也吃过越南河粉，味道相差无几，但总觉得少了些什么，如今细细想来，应是那盘神秘的"东方树叶"，只有Pho的老家才能尝到那一味新鲜和呛劲儿。一切准备就绪，最后再拧上小青柠的鲜酸果汁，空气里顿时弥漫着清新的青柠香气，最是一碗Pho让人食欲大动的时刻。

桌角摆着拉茶酱和辣椒酱，许多人吃河粉都喜欢蘸上酱料食用，但我认为，一碗好吃的越南河粉绝不需要酱料的扶持，只有汤底不够淳厚时才需要酱料来为之润色加分。一碗清淡的牛肉河粉，最擅长的是用直白而正中下怀的方式俘获食客，用筷子轻轻捞起河粉，手与嘴完美地配合，在汤还未沥尽时将河粉送入嘴中，河粉的清甜与汤底的淳厚都在舌尖翻滚，再来一块鲜嫩的牛肉，接触牙齿的瞬间，牛肉纤维随即断裂，此刻仿佛能感受到牛肉每一次的"跳动"。一碗河粉的精华，在味蕾间得以发挥到极致，吃完所有的河粉和配菜之后，当地人总是会捧起碗把所有的汤底都喝光，对他们而言，这才是享用越南河粉的最完美方式。

"天下美食，少不了越南人做的牛肉河粉。"蔡澜先生数尽天下美食，终于为自己找到一碗一生难忘的越南河粉。美食作家古清生半生行走万里路，只为寻觅美食，他说："人生就是一场觅食。人生不在于追求何等荣耀，只要吃饱喝足，一样能够体会幸福美满的人生。"而我，不远千里来到越南，在被一碗牛肉河粉诱惑后，心中所爱也有了新的答案。

租辆摩托环游岘港

越南究竟有多少摩托车？恐怕没人能够回答出准确数字，但只要你往越南的街头一站，你就能真真切切地感受到，越南是个名副其实的"摩托王国"。

越南的街头巷尾，四处都是震耳欲聋的摩托车轰鸣声，每每遇到红灯，十字路口齐刷刷地排上百余辆摩托车，为了方便摩托车借道行驶，连路坎儿都修建成斜坡状；一旦绿灯通行，摩托车阵俨然一副公路赛的架势，如脱缰野马，又如百舸争流，蔚为壮观。越南骑手的车技异常高超，无论是单人还是载人，他们都能自如地驾驭摩托，在滚滚车流中急转急停，像极了足球场上奔跑的梅西。

从西贡到岘港，天天在摩托车流中穿行，辉哥的那颗心早已被摩托车声轰鸣得躁动不安。我说："要不，我们租辆摩托环游岘港吧！"话音刚落，辉哥的眼睛里就亮起了星火，脸上再也掩饰不住窃喜的表情，我知道，他早就在琢磨骑摩托这件事儿，这回总算是如愿以偿。

岘港街上，随处可见摩托车店，租车的手续很简单，只需要抵押证件和交付押金即可。辉哥选了一辆小巧的踏板车，在店员的指导下稳稳当当地骑了出去，又在店员的鼓动下来回溜达了几圈，辉哥体会到了摩托车骑手的快乐和惬意，对自己的车技也多了几分自信。

就这样，从未骑过摩托车的我们，竟然毫不犹豫地租下一辆来，便带着四岁的小睿环游岘港。那时候真不知道是哪儿来的勇气，我由衷地感谢那一刻的些许鲁莽，踏上摩托之旅后我才知道，就是这辆轻巧的摩托车，教会我们掌握了一种拥抱自由的捷径，让我们变得身轻如燕，飞越世俗的藩篱。

从滚滚车流的旁观者，变成滚滚车流中的一员，我们从不同的视角领略岘港的风景。漫步徐行时，岘港的线条是柔和的；疾驰而过时，路旁的风景变成飞行的笔直线条。我们未曾忘记正经地做这个城市的旅者，始终不慌不忙地行驶在路上，匆匆赶路不是我们该有的格调，两旁飞驰而过的超越我们的摩托车流，并不能带偏我们的节奏。

虽然车辆繁多、车速偏快，但岘港的交通在繁忙之中保持着应有的秩序，各行其道，互不相扰。初春时节，岘港大都是晴朗的天气，春风和煦，蔚蓝的天空中飘着朵朵白云，骑着摩托的人们在和风暖阳下甚是潇洒。忽然，不知道从哪儿飘来一朵乌云，转瞬间就把太阳深藏其后，紧接着就是一阵急雨，行驶在路上的当地车手对这样的天气习以为常，淡定地停车，从容地从车里变出雨衣来，穿好之后继续在雨中前行。我们没有停车找雨衣，这场突如其来的小雨带给我们小小惊喜，骑着摩托在和风细雨中穿行，更添一分浪漫。等我们滋润够了，雨也停了，太阳重新灿烂起来，摩托车流又纷纷停下来收雨衣。一场小雨而已，好好享受它也无妨，不要轻易就被它打乱了节奏。

傍晚时分路过美溪海滩，恰好赶上一场日落盛宴，漫天的晚霞把蓝色的海洋和白色的沙滩都染成血红。椰风、树影、残阳、晚霞、沙滩、簸箕船……诸多美丽的元素组成美得令人窒息的一幕，海边的人们都心照不宣地安静欣赏，生怕自己的惊呼会破坏大自然鬼斧神工的杰作。岘港之所以被称作"东方的夏威夷"，很大程度上是因为拥有美丽无比的美溪海滩。

它曾被《福布斯》杂志评选为"世界六大最美海滩"之一，尤其是在欧美游客眼里，美溪海滩可与马尔代夫相媲美。有幸邂逅美溪海滩的日落，惊艳了我们的岘港摩旅。

海滩的美景看不够，我们找了个海边的咖啡馆歇脚。我们都是沙滩爱好者，无论白天还是夜晚，美溪沙滩都是消磨时间的最好去处。看潮水恣意地拍打海岸，任海风尽情地吹散头发，美味的咖啡和美丽的景致，美好的爱人和美好的时光，人生美好不过如此，即使晚上咖啡因作祟会失眠，也不必在乎。

城市风光和美溪海滩都只能算作岘港摩旅的前奏，最震撼我心的是岘港的沿海公路。岘港拥有修长的海岸线，连接岘港与顺化的海云岭公路，曾被美国《国家地理》杂志评为"人生必去的50个地方"之一。游览海云岭公路的方式有很多种，无论是火车、大巴还是骑行、徒步，都能领略岘港的如画风景，但我认为没有任何一种方式，能比骑着摩托穿越海云岭来得更完美。

从美溪海滩出发，沿着海边公路骑行，翻越一个个山头，爬过一座座山坡，绵延修长的海岸线在山脚下蜿蜒至远方，海陆交界处是米白色的沙滩和翻腾的浪花。全越南最高的观音像耸立在山茶半岛的灵应寺，俯瞰众生，保佑着这片土地和这里的人们。灵应寺也是俯瞰岘港全景的绝佳制高点，海岸线和城市风貌一览无遗，近处是辽阔的森林，远处是蔚蓝的大海，春风拂面，但春风十里，也远不如这壮丽风景。

翻过山茶半岛，便是世界上最美的海岸公路之一——海云岭公路，英国著名主持人杰里米·克拉克森曾说："越南海云通道是一条'被遗弃的完美彩虹'。"在海云岭公路上行驶，更能清晰地感受这个名字的唯美，它是南北气候的分界线，据说冬日来此，最能感受到岘港温暖与顺化湿冷之间的巨大差别，因此也被称为"海上云通道"。

海云关位于海云岭的最高处，从1600英尺（487.68米）高的地方可以看到蔚蓝的中国南海，也是令许多铁道爱好者心花怒放的"上帝视角"。

我们何其幸运，在那停留俯瞰脚下时，便遇见火车穿行而过，庞大威猛的钢铁巨兽，在视觉落差下变成了翠林间的一条"青蛇"，时而翻山越岭，时而拥抱大海。一辆火车完整地出现在取景框的时间稍纵即逝，我紧张地把握分秒，终于将这条快速移动的"青蛇"完美地猎杀于相机中。

火车才刚驶过，山岭上便有白云缭绕，立身其中看海天一色，孤独矗立的海云关城楼依旧述说着历史沧桑，绵延悠长的灵姑湾书写着风光壮美，蜿蜒曲折的沿海公路记录着旅人的足迹。

时光如梭，岘港摩旅已是数年前的事，如今提笔写起这段旅程，依然感动如初，但很难确定我是否还有那样的勇气，能毫不犹豫地租辆摩托环游岘港。光阴蹉跎，生活喧嚣，我不禁提醒自己要警惕，在人生旅途上保持一份童趣和好奇是很不容易的，若有一天我只埋头于生活苟且，不再有勇气骑着摩托说走就走，不再有兴致趴在车窗前看沿途风景，那样就真要辜负人生这一趟美好的旅行。

但愿小睿长大、我们变老时，我们仍能回忆起当年这趟冒险的旅程。

在会安过年

在除夕前一周，我们便早早地来到会安，因为与故人有约，因为要准备过年。

乔是我的发小，很小的时候我们就约定，将来要一起环游世界，但高中毕业后，我北上求学，她随父母定居越南，我们在各自的轨迹里努力实现儿时的梦想。十余年后重逢，我们都已不再是从前的那个少年，但心中的梦想没有一丝丝改变，依然鲜活，依然令人心潮澎湃。

乔在会安古镇开店，临街的店面做服装定制，后面的院子做民宿，仅仅是那一院子的花团锦簇就已让我艳羡不已。多年不见，她已经活成了我们曾经幻想的模样，但她最得意的不是那个鲜花盛开的院子，而是她的服装定制手艺。乔专门为外国游客定制奥黛，尤其是临近春节，许多国内来的游客都慕名前来。我要准备的年货，就是乔亲自为我定做的奥黛。

奥黛是越南的传统服饰，与我们的旗袍密切相关，时至今日，奥黛的领口仍然是清朝时期旗袍的领口样式，但不能简单地视奥黛为"越南旗袍"，如今的奥黛是多国文化融合的产物，除了深受中国影响，法国的殖民影响也催生了众多法式奥黛。传统奥黛一般由软性布料制作而成，一件两侧开高衩的长衫，配一条喇叭筒长裤，走起路来飘逸如仙，既复古又优雅。

我选定了浅紫色丝绸，乔熟练地为我量身，详细地记录尺寸，认真地精工细作，木尺、粉笔头、铁剪、脚踏缝纫机是乔的工作伙伴，她采用最原始的手工裁制方式。丝绸在她的手里翻飞舞动，不多会儿的工夫，就被她娴熟地收拾服帖。丝绸光滑且容易起褶皱，裁剪、捋平、缝纫及制作手艺都极其讲究，古镇上大多数的奥黛定制店都是家族传承的生意，手艺在家族中代代相传，绵延数代人。乔作为后来者，一定是吃了很多苦头，花了很多心血才把这门手艺学得如此精湛。这并不出乎我的意料，是她一贯的风格，只要是她认定的事情，她都会带着"死磕"的劲头精益求精。

除夕那天，我的奥黛终于做好了。越南人的春节传统习俗与我们的春节很相似，鲜花、年粽、春联、灯笼、爆竹、新衣……会安古镇四处可见耳熟能详的春节元素，值此辞旧迎新之际，人人脸上幸福洋溢。穿着飘逸的奥黛渡过造型奇特的来远桥，与桥的寓意相同，我是远道而来的旅人，倾听着秋盆河水欢快地流淌，触摸着古老的城墙上恣意生长的苔藓，凝望着五颜六色的灯笼无声地闪烁，思绪也随着这碧水青苔彩灯而飘远。

会安古镇位于秋盆河北岸、会安江入海口附近，早在 5 世纪时，会安就是古代占婆国的著名海港，名为"大海口"，至今已有 1500 余年的历史。15 世纪至 19 世纪，会安港的发展进入鼎盛时期，名列当时东方各大港的前茅，来自中国、日本、东南亚及众多西方国家的商船在此进行贸易交流，外来客商在经营生意的同时，也带来丰富多样的人文风情，修建起具有浓郁民族特色的各式建筑。时至今日，多样文化结合的建筑风格仍被完好地保存在古镇的建筑群中，民居、会馆、寺庙、亭楼、祠堂等建筑规整地分布在横平竖直的街道上，漫步会安古镇，如同行走在一幅古代东方的繁华市井图中。

古镇里的节日气氛浓厚，四处张灯结彩，商店门庭若市。年迈的老奶奶头戴斗笠，坐在街边上摆摊儿，一对箩筐就是她的百宝箱，里面装着白虎膏、万金油、风油精、陶笛、竹蜻蜓等。她用一口流利的英语同过往的游客打招呼、祝福大家新年快乐，各种肤色的外国游客都被她的热情和快乐感染，围着她的箩筐挑选自己心仪的小物件。穿着奥黛欢喜过年的孩童们手提小灯笼，欢笑着从街头跑到巷尾，银铃般的笑声在古镇的上空荡漾。

是夜，黑暗降临时，才是会安最迷人的时刻。五颜六色、造型各异的灯笼悉数亮起时，会安的夜绚烂无比，人们的眼眸里、笑容里、身影里全是流光溢彩，穿行在古香古色的街道上，我第一次真切地感受到，原来黑夜也可以这般温柔。时值除夕夜，秋盆河畔的烟花是不容错过的动人时刻，有人为之惊呼，有人为之感叹，有人按下快门，有人许下愿望，虽说烟花易冷，但美好总能留在心间。

秋盆河两岸人潮涌动，人们把点亮的河灯放入河中，河灯星星点点地漂荡在河面上，美丽极了。小睿想去划船，这对有夜盲症的我而言无疑是个挑战，黑黢黢的河水和无法掌控的漂泊感会让我感到恐惧，但这是小睿的新年愿望，所以我还是鼓起勇气跟着他和辉哥上了船。泛舟秋盆河上，犹如穿梭在银河之中，木船被盏盏河灯包围，河水被两岸的灯光点亮，没有站在岸上时看到的那般黢黑，却像流光溢彩的丝绸，随着船体的移动荡漾开去。河灯是秋盆河上的精灵，人们把一年中未尽的故事，都化作愿望寄托在河灯上，河灯承载着人们的愿望，随波逐流漂向远方。

烟花消散，河灯飘远，但会安古镇、秋盆河畔的热闹不会散场，多元文化的融合之美是会安旅行的特色。当地人也好，外地人也罢，或苦行僧般光脚徒步旅行，或骑着单车匆匆穿行，或坐在西罗车（越南特色的倒骑三轮车）上走马观花，都已成为会安风景中的元素，被印刷成明信片摆在纪念品店的一角。

过完年后，与乔依依惜别，怪时间太匆匆，怪岁月不停留，此刻离别，又不知何时才能再相见。我们像儿时一样，拉钩约定将来要一起环球旅行，乔给了我一个深情的拥抱，而我，想把乔的拥抱告诉全世界。

借我一个厨房

美国知名美食作家安德里亚·阮（Andrea Nguyen）曾盛赞："越南料理结合了东南亚及西方的元素，而越式法棍正是其中的完美代表。"法棍，顾名思义就是法国长棍，是一种传统的法式面包，在19世纪中期随法国殖民者传入越南。

虽是源自法国，但越南人从不承认越式法棍是出自巴黎的舶来品，它就是越南的食物，甚至法国人在本土也做不出这么好吃的法棍。许多人在比较过巴黎法棍和越式法棍之后，不约而同地感叹道："世界上最正宗的法棍不在法国，而在越南。"越式法棍有属于自己的名字，叫"Banh mi"，读音类似于"绑米"，发音很有技巧，似乎只有当地人的舌头能轻松驾驭，"Banh"在他们的舌尖轻巧颤动，喉咙深处还带有余音。尽管我多次尝试，也仍然不能完全掌握柔软和谐的颤音，欧美游客更是无奈，始终只能发出僵硬的"帮米"音。

在传入初期，法棍只是一道普通的充饥食物，做法简单，食材单薄，仅仅一个面包加黄油及蔬菜而已。时至今日，越式法棍早已不是当初的模样，勤劳智慧的越南人把它改良成一道深受欢迎的经典美食。仅仅从外形看，越式法棍摒弃原有的粗犷模样，变身为精致小巧的纺锤形，中间的裂口更是锦上添花。在法棍的原有基础上，越南人为法棍加上了丰富的配菜，种类多样的肉类如肉片、肉丸、鱼饼、海鲜等，丰富配菜如酸黄瓜、薄荷叶、青木瓜、胡萝卜等，再佐以各种调料，食材丰富，制作纷繁，充满厚实感，仅仅是站在一旁观看，就让人眼花缭乱。

一个完整的越式法棍就是一个层次丰富的三明治，内含厚实浓郁的肉类、清香解腻的配菜和口味讲究的调料，配料颇有诀窍，但外面的那层酥脆面包才是越式法棍的灵魂所在。比起巴黎法棍的硬朗结实，越式法棍的口感更有层次，外表的金黄酥脆恰到好处，色香俱全，轻咬一口还有清脆悦耳的"咔滋"声，但又不会因为烤得太脆而掉渣。酥脆可口的外表下，越式法棍的内里依旧绵软，取悦食客的味蕾，但决不刁难食客的牙口，这么温柔体贴的一道美食，真真叫人爱得发疯。

想吃巴黎法棍，需要专门去面包店，但在越南，法棍是随处可见的街头美食。越式法棍的身份可贵可贱，高档餐厅可卖到二三十元人民币，路边小摊则只需要六七元，你若问我哪里的法棍最好吃，我会逮着眼前的一个小摊推荐给你，绝非敷衍，是真心实意。法棍在越南是一道普通大众的美食，就像我们的煎饼果子或鸡蛋灌饼一样，硬要让它登堂入室，在高档餐厅用骨瓷盘子装好，实在太过冠冕堂皇，远不如把它包在纸里、抓在手上来得自在。更何况，路边小摊的阿妈更有惊为天人的想象力和创造力，一双巧手能把法棍变得出神入化，你收获的惊喜将远胜于中规中矩的餐厅。

了解一个地方的最佳途径，莫过于品尝当地美食，而了解一道美食的最佳途径，莫过于走进当地人的厨房。从西贡到河内，每天都与法棍做伴，我终于按捺不住自己的好奇心，想要试试自己动手做法棍。

阿明是小有名气的旅行博主，我在巴黎旅行时认识了他，因为对东方美食有着同样的执念，我们都对巴黎街头的越南河粉缺少九层塔、刺芫荽等神秘的"东方树叶"而深感遗憾。未曾想，在他的家乡河内与他重逢时，他爽快地答应借我一个厨房，教我做正宗的越式法棍。

阿明的厨房是典型的东南亚风格，各种刀具、厨具和餐具码放整齐，调料架上陈列着标有各种文字的瓶瓶罐罐，都是阿明在环球旅行时顺带搜罗回来的"味道制造者"。

越式法棍的制作加入了当地特产的江米，这也是保障法棍外脆里软的窍门所在。在面粉中加入适量的江米粉，再加入适量的麦芽精、酵母、盐及水等，放入专用的搅拌桶中充分搅拌；待面团搅拌至膜状但边缘尚有粗糙的状态，取出面团放入保鲜袋中，放入冰箱冷藏静置发酵。发酵是个需要耐心等待的过程，也是决定法棍成败的关键，急躁不得。大半天的时间都在等待静置发酵完成，直到阿明点头允许，我迫不及待地从冰箱里取出面团，用刀切成两半后，把面团稍微摊开些，再盖上保鲜膜进行室温松弛。约半小时后，把面团做成25厘米左右的纺锤形，放至发酵布上进行最后一个小时的室温发酵。

繁复的发酵工作完成之后，将面团移至炉器上，用筛网将干面粉筛在面团上，再用专用刀片在面团上轻轻割包，即可放入烤箱进行烘烤。烘烤需要掌握火候，时间过长会导致法棍过硬过脆，表面着上金黄色后即可，此时的裂口也应恰到好处。

烤好面包只是完成越式法棍的一小步，阿明从冰箱里取出烤肉、鸡肉丝、牛肉片、虾仁及薄荷叶、青木瓜丝、酸黄瓜片等种类繁多的配料，又像变戏法一样，从调料架上取出各式各样的法棍酱料，番茄酱、猪肝酱、辣椒酱、蛋黄酱、鹅肝酱等，着实让我大开眼界，也有幸得以品鉴各味。我们根据自己的喜好自由搭配馅料，最后再淋上点睛之笔般的酱料，酱料与馅料的味道完美融合，酸辣香甜的风味涌现，多层次的口感将越南美食的特色体现得淋漓尽致，满足了我的味蕾，也犒赏了我的好奇心。

越南人将法棍做成了 Banh mi，也使法棍变得出神入化，包一切可包之物，配一切可配之料，Banh mi 与多种馅料及丰富酱料的奇妙组合，征服了许多人的味蕾。

法棍来自远方，却情归越南。

赤道往北 21 度

不知从什么时候开始，越南被贴上了"越南越美"的标签，安妮宝贝笔下的越南也是类似的概念，她写道："这是一个具备魔力的国度。它的炎热，它的苍翠田野，碧绿深海，喧嚣街市，眼睛明亮笑容坚韧的女人们。从河内开始，沿着海岸线从北到南，一直抵达西贡。"

如此种种，似乎从河内抵达西贡才是越南旅行的最正确路线，但偏偏我们就是逆向旅行。没有刻意安排，只是顺其自然，如果非要说个缘由，在安妮宝贝的《蔷薇岛屿》中，我也找到了心中的答案："很多时候，一个人选择了行走，不是因为欲望，也并非诱惑，他仅仅是听到了自己内心的声音。"仅此而已。

河内是越南的首都，是一座拥有千年历史的古城，从 11 世纪起就是越南的政治、经济和文化中心，拥有丰富的历史文物和名胜古迹，享有"千年文物之地"的美称。从西贡到河内，恍惚之间像是穿行在不同的国度，西贡充满法国情调，河内却深受中国影响，无论是古老寺庙上的汉字牌匾，还是无处不在的生活细节，都充满中国元素。

与西贡和岘港相比，河内有着与众不同的气质，杂乱与悠闲并存，老城区里狭长矮小的房屋，与装修奢华、灯火辉煌的奢侈品店形成剧烈矛盾，就连街头小店的当地人也自带矛盾气质，上一刻还是精通商业之道的商人，与顾客为半斤水果讨价还价，下一刻就变身享受生活的懒人，坐在竹椅上惬意地喝咖啡。

听从朋友的建议，我们住在三十六行街，这里弥漫着旧时光的味道，已有上千年的历史，保留着许多古老的人文景观；这里始终是越南极生动、极不寻常的地方之一，当地极具特色的风俗习惯和传统文化汇聚于此，错综复杂的街道上，寺庙、庭院、民居、集市、小店在所属区域里各司其职，看似杂乱之中又保持着倔强的秩序感。

赤道往北 21 度，正如安妮宝贝所写，河内没有春天的存在，虽是刚刚下过雨，这座城市依然是炎炎烈日遗留下的温热感。不知是何原因，我特别渴望在河内的古街上慢慢行走，长满法国梧桐的寂寞长街也好，漆黑温润的柏油马路也罢，我只觉得用脚步丈量才是河内之旅的最佳方式。尽管在岘港时就爱上摩托之旅，但我却在行走河内时遇见久违的感动。戴着尖顶斗笠的车夫慢慢踩动西罗车，在街道拐角处拉开"叮叮当当……"的铃声，这种声音给人以幻觉，似是存留在大脑皮层深处，属于旧时光里的记忆。

不知不觉就走到了圣约瑟大教堂，它是河内最古老的天主教堂，也是河内最受欢迎的旅游景点。圣约瑟大教堂是仿照巴黎圣母院建造的，也是法国在河内最具代表性的建筑，建成于 1886 年，距今已有 130 多年的历史，黑色斑驳的外观印证了它的古老，虽也是哥特式建筑，但它没有标志性的尖顶。教堂内部一片肃静，高高的圆形穹顶、装饰繁复的主祭坛、玫瑰般绚烂的彩绘玻璃窗，处处细节都彰显着宗教的庄严肃穆，有人祈祷、有人忏悔、有人散步，人们各取所需，从这里找到心灵的慰藉。

教堂旁边有很多咖啡馆，找了一间带大露台、可俯瞰教堂花园的小店落座，在这样一个可严肃、可悠闲的所在，最适合停下脚步来休整疲惫的身躯和躁动的内心。想胡乱地点一杯咖啡，不料却被咖啡师严肃地拒绝，他说："你的心思不在这里，是喝不出这杯咖啡的真正味道的。"

我赞同他的说法，于是跟他说起西贡的那杯鸡蛋咖啡，喝过之后便深深爱上，至今念念不忘。我想重新点一杯鸡蛋咖啡，他应该不会再拒绝，不料他却推荐我去还剑湖边的丁咖啡（Cafe Dinh），那是鸡蛋咖啡创始人的家族传承店。

1946 年，阮文江在一家高档酒店做着调酒师的工作。为了减少咖啡的苦涩和增加咖啡的层次，法国人在咖啡中加入鲜奶以平衡口感，但那时候的越南鲜奶奇缺，阮文江异想天开地尝试以鸡蛋霜替代鲜奶。不承想这种咖啡一经推出，就受到了越南当地人和外国人的一致青睐，于是他辞去调酒师的工作，开始专注于自己创造的"鸡蛋咖啡"。

时至今日，关于鸡蛋咖啡的传奇仍在延续，阮文江给予它的中肯评价很好地概括了它的传奇："我还没有遇到过不喜欢喝鸡蛋咖啡的顾客。很多人喝一口就爱上了它，并表示只要他们还在河内，他们每天都会去喝一杯。即使是那些不经常喝咖啡的人也会被鸡蛋咖啡的美好味觉体验所打动。"

沿着咖啡师的指引，我们在极其隐秘的角落里找到丁咖啡所在的二层老房子，这是阮文江的女儿以街道名命名的店。老房子很有特色，老旧的墙面充满历史感，门店和装修都有些简陋，但这里藏着已有 70 余年历史的鸡蛋咖啡家族秘方。阮文江的女儿已年近古稀，她一人打理这家小店，自如地应付来自世界各地的挑剔食客，鸡蛋、咖啡粉、炼乳、黄油、芝士等，再普通不过的咖啡原料，加上秘不外传的家族配方，经老人亲手调制后，一杯令我魂牵梦萦的鸡蛋咖啡就摆到了眼前。老人不会英语，似乎也不爱交流，即使是熟识的当地人前来喝咖啡，她也只是专注地做好咖啡后端上来，绝不会过问客人喝过咖啡后的感受，她对自己的咖啡有着绝对的自信。

坐在小小的阳台上，脚下就是还剑湖的风景，这一坐下便舍不得离开，融入当地生活的最好方式，莫过于捧杯咖啡坐着发呆。还剑湖上的风吹过阳台，还没离开，我就开始怀念河内、怀念越南了，当时光沉寂，唯有美好的印记不会磨灭。

第五辑　捷克·布拉格

布拉格狂想曲

我就站在布拉格黄昏的广场
在许愿池投下了希望
那群白鸽背对着夕阳
那画面太美我不敢看
布拉格的广场无人的走廊
我一个人旋转着跳舞
……

　　中学时，我还懵懂，意气风发，一遍又一遍不厌其烦地哼唱着蔡依林的《布拉格广场》，从黄昏的广场萌生起对布拉格的喜爱，然后慢慢地坠入对这座城市的无限遐想，想象着在许愿池投下希望，想象着布拉格的广场和无人的走廊，想象着那让人不敢看的美丽画面。

　　后来看了徐静蕾导演的电影《有一个地方只有我们知道》，两对情侣横跨两个时代的爱情故事深深地打动了我，唯美的电影画面和长镜头拍摄视角让人很有代入感，伏尔塔瓦河两岸的迷人风光再次撩动我心，庄严肃穆的教堂、随处可见的喷泉和雕塑、历史悠久的街头巷陌……再次唤起我对这座城市的遐想。

不多久，辉哥就给我买了一本《孤独星球：布拉格》，我如饥似渴地翻读，从魔鬼大教堂到布拉格城堡，从伏尔塔瓦河到查理大桥，从菠丹妮的玫瑰精油到木偶箱（Truhlar Marionety）的提线木偶……我从书上读到布拉格的悠久和浪漫，伏尔塔瓦河如同一个大写的问号一般贯穿布拉格，将这座古老的城市一分为二，却没有读到《布拉格广场》里唱的许愿池。

一首歌、一部电影、一本书，是我对布拉格缺一不可的执念，再来一场说走就走的布拉格之旅，我对这座城市的念想便算完美。我本以为我会欣喜若狂，但当我真正踏上布拉格之旅时，内心却是如此平静，一切都是那么自然，这个城市是这么地令人熟悉，我好像曾经来过。

午后，我的布拉格旅程从踏出机场坐上地铁开始。布拉格的地铁建筑是中世纪风格，银灰色的列车飞驰而过，我们像是走进了时光交替的隧道，光线和阴影在我的眼眸里飞快地穿梭，关于布拉格的想象亦如电影画面一般，一帧一帧地在我的脑海里飞闪而过。

走出地铁站的那一刻，时光隧道的大门就此开启，我们一不留神就闯入中世纪的梦境里，从一个现代化装备的世界穿越回古老的中世纪古城。目之所及，处处都是厚重的历史积淀和令人惊叹的视觉元素，一栋栋富含历史底蕴的古老建筑，一条条充满浪漫故事的街道，还有那一尊尊有着悠久历史的雕塑……

漫步街头，街道两旁的建筑就是一幅流动着的建筑历史画卷，贯穿多个历史时期，拥有各种建筑风格。罗马式、哥特式、文艺复兴式、巴洛克式、洛可可式等风格各异的建筑，在大街小巷间交织融合，建筑物的绚丽色彩令人眼前一亮，顶部的丰富变化让人总是忍不住驻足观赏。

布拉格的街道错综复杂，曲折蜿蜒，似乎没有章法可循，辉哥索性关掉手机导航，忘掉目的地，随意地行走。在布拉格的街头，每一个转角都是与浪漫的美丽邂逅，每一次回眸都是与历史的隔空对话，每一个角落都渗透着布拉格的神秘和厚重。曾经令我无限遐想的布拉格，如今着实惊艳了我的目光。

布拉格的许多街道都是历经沧桑的石板路，被岁月打磨得锃光瓦亮，有些是中规中矩的方形图案，有些是令人目眩的扇形布局，煞是好看。小睿开心极了，乐此不疲地在石板之间蹦来跳去，石板像是他脚底下的魔方，又像是铺在路上的琴键，带给他无穷的乐趣。我和辉哥一人拖着一个重重的行李箱，却是苦不堪言。当滚轮遇到石板缝隙，剧烈的碰撞就在此间产生，一场盛大的交响乐也随之奏起，行李箱像被增重了数倍，横着推也不是，斜着拖也不是，须得一步三回头，多用三分力才能拖动它。

最让我猝不及防的，是在一个不经意的转角后，布拉格广场就近在眼前了。布拉格广场并不是它的真名，当地人称呼它为老城广场，没有明显的标志，只有在泰恩教堂那一双标志性的尖塔映入眼帘时，我才完全肯定这就是布拉格广场。广场四周都是高耸的庞大建筑物，没有明显的出入口，高楼之间蜿蜒着的巷陌四通八达，将布拉格广场与这个城市的各个角落建立连接。

与高楼的密集和街巷的局促不同，布拉格广场很开阔，甚至有人戏称，布拉格的狭窄街道令人困扰，而布拉格广场像是老城里的一片绿洲，给人惊喜，给人安慰。广场中心耸立着的是宗教改革先驱扬·胡斯的雕像，广场也因此被人们成为"胡斯广场"。

心心念念，寻寻觅觅，然而布拉格广场上没有许愿池，也没有无人的走廊，广场上是熙熙攘攘的人群，没有谁在这里一个人旋转着跳舞……它与《布拉格广场》所唱的不太一样。布拉格广场的许愿池，是心之所向，它或许是老城区的一个景观池，也或许是城堡区的一处小喷泉，无论存在与否，它都曾是指引我们到达布拉格的风向标。

方文山的歌词赋予人们想象，那应是善意的谎言，那些对布拉格有着执念的人们，在知道布拉格广场的真相之后，应是会心一笑，一半恍然大悟，一半终成释然。

尼采说："当我想用一个词来表达音乐时，我找到了维也纳，当我想用一个词来表达神秘时，我想到了布拉格。"布拉格广场的许愿池，或许本身就是一个神秘的所在，在方文山的歌词里，也在你我的心里。

浪漫满屋

布拉格是一个浪漫到骨子里的城市，每一个转角都充满浪漫，不经意间，我们在布拉格的民宿里邂逅了一段动人的跨国爱情故事。

关于布拉格的住宿，辉哥和我一致认为，在这样一个富有浪漫气息的城市，住在传统的酒店里有点浪费，不如试试民宿，早就听说欧洲的民宿别具特色，这是一种新鲜时髦的旅行方式，我们愿意把这份新鲜留给布拉格。

坐在布拉格广场边的咖啡馆，我在爱彼迎（airbnb）上浏览着广场周边的民宿，房源页面在我的指尖匆匆滑过，一张洒满阳光的露台照片深深地吸引了我。那是一张站在客厅从内向外拍摄的照片，宽敞的露台上摆放着藤条桌椅，露台正对着泰恩教堂的标志性双塔，阳光洒满露台，看一眼就让人心感温暖。一眼定缘，我毫不犹豫地下单预订这家民宿。

房东很快就发来确认信，用中文、英文和捷克语三种语言，写了详细的地址、入住时间、注意事项和温馨的欢迎词。房东应是一个心细如发的人，更赞的是会讲中文，她会与我们一同住在公寓里，并为我们提供当地的特色早餐。这大概就是民宿比酒店更吸引我的地方，民宿里富有人情味的细节，是酒店所无法比拟的。

穿过泰恩教堂旁边的小巷，绕个弯就来到教堂后面的一座公寓，这就是民宿所在的公寓。在布拉格，你总有机会体验穿越时光隧道的神奇感受，一道厚重的古铜色大门，把公寓内外的时光区隔了几个世纪，从外面看，公寓是一栋富有历史感的老建筑，街上的青石板见证了它的年岁；进入公寓内部，它完全是一座现代化公寓，设施齐全且先进，环境干净整洁，没有一丝陈旧的味道。

按照房东发来的路线和房号，我们很快就找到了民宿。两声门铃响后，白色的大门缓缓打开，一位满头银发、笑容可掬的老奶奶站在门边，那一脸笑意如此温暖人心，尽管是在寒冬，也让人如沐春风。

"欢迎！欢迎你们回家！"奶奶竟然是中国人，和蔼的笑容和熟悉的乡音，切实带给我们回家的感觉。看到站在我们身旁的小睿，奶奶更是欢喜得不得了，拉着小睿的手往屋里走去，小睿不认生，小嘴甜甜地叫着"奶奶、奶奶……"

奶奶独居，家里跟爱彼迎上展示的图片一模一样，线条简单的家具，简洁大方的布置，干净整洁又不显单调，淡淡的熏香沁人心脾，每一个细节都记载着属于这座房子里的故事，像有一种魔力吸引着我们。房子很大，民宿区和奶奶的私人空间相对隔离，除了开放式的厨房公用外，我们可以独享宽敞的客厅、向阳的露台、温馨的卧室和独立洗手间。

我迫不及待地奔向露台，视野极佳。正是夕阳西下时，远处的天空呈厚重的绛紫色，古老的布拉格显得愈加神秘，落日余晖打在泰恩教堂双塔尖顶的纯金棒上，鸽子飞越过金棒反射的光芒，700多岁的天文钟敲响了准点的钟声，深邃而悠长，像是从旧时光里传来的忧伤。布拉格沉浸在黄昏的光影里，我坐在露台上静静地聆听鸽子飞过的声音，享受这醉人的黄昏时刻。

奶奶与我们没有半分的生疏距离感，她很喜欢拉着我们聊天，天南海北、家长里短，哪怕只是一道家常菜的新吃法，我们也能聊上半天，乐此不疲。我们很庆幸能住到奶奶的民宿，它让我们不自觉地放慢了旅行的节奏，风景不只在景点、公园或是博物馆，这样一间充满爱和温馨的民宿，也是旅途中的一道靓丽风景线，从那之后，我便与民宿结下了深深的缘。

我很好奇，奶奶这么大年纪了，为什么还要经营这间民宿呢？毕竟接待、保洁、换洗布草等工作，对奶奶来说都是辛苦的体力活。奶奶终于讲起了这座房子的故事，是一个绝美的浪漫爱情故事。

奶奶是上海人，年轻时是个舞蹈演员，一次演出的机会来到布拉格，也正是这次演出，让她情定布拉格。那天没有演出任务，奶奶向团里申请了外出，独自一人穿过查理大桥去往布拉格城堡。

奶奶回忆起当时的情景，脸上洋溢着羞涩的幸福，她慢慢地讲述着："那天傍晚的夕阳很美很美，落日的余晖在伏尔塔瓦河面撒上了一层七彩的光芒，我被这样美丽的画面震撼着，站在桥头凝视着流光溢彩的河水……正愣着神，突然有人从身后拍了拍我的肩膀，我回过头来看，是一位年轻的先生，他的手里拿着一幅刚画好的画，画着一个姑娘站在桥头看风景……"

话语间，奶奶羞涩得像个情窦初开的少女。她指了指客厅墙上的一幅画，继续说道："看！就是那幅画。"画上的少女婀娜多姿，倚着查理大桥的栏杆向远处张望，夕阳打在她的侧脸上，连睫毛都晶莹发光，那般美好，真真令人怦然心动啊！

奶奶继续讲述着："我抬起头来看他，四目相对的那一刻，时间仿佛静止了，我确定他就是我来布拉格要找的人，后来他告诉我，他也是在那一刻便爱上了我……"我静静地听着，怎忍心去打断？时隔这么多年，奶奶回忆起与先生相见的那一刻，依然记忆如新，爱情的力量微妙又伟大，有情人一见钟情，一眼便是万年。

演出结束后，奶奶回到了上海，和先生一直保持着书信联系。那个年代的时光很慢很慢，奶奶与先生互通一封信都要等上很长一段时间，但每一封信都饱含着情意，奶奶至今仍然完好地保存着那些书信。后来经历了许多的波折，奶奶终于来到布拉格与先生生活在一起，古老的布拉格见证了他们的浪漫和忠贞。

前两年先生病重，他们的女儿在瑞士定居生活，先生担心自己走后，奶奶自己一个人在布拉格生活会孤单。于是，先生便张罗着把这套公寓经营成民宿，不为挣钱，只为有缘人。奶奶是个热情开朗的人，愿意接待来自世界各个角落的有缘人。先生和奶奶都相信，美好的事物在美好的人眼里，是一样美好的。先生走后，奶奶很快就上手经营这间民宿。奶奶在这里遇见各种各样的人，听到不同模样的故事，也给许多有缘的人讲起自己的故事。奶奶所听到的每一个故事，她都会细细地整理好，慢慢地说给先生听。她相信，先生还在身边。生活在有故事的房子里，余生又怎会孤独？

一首老歌在我的脑海里种下了布拉格，一间有故事的民宿把我的心留在了布拉格。奶奶说："布拉格的每一条街道，都曾留下我们的足迹。布拉格的每一个黄昏，都曾听过我们的相守诺言。"奶奶的民宿是真正的浪漫满屋，每一块砖都记录着他们的动人爱情故事。

寻味布拉格

如果布拉格有味道，会是什么样的呢？天真的人说，布拉格是童话的味道；浪漫的人说，布拉格是爱情的味道；好奇的人说，布拉格是非同一般的泉水味道；我想说，布拉格是耐人寻味的美食味道。

寻味布拉格，从民宿房东做的布拉格早餐开始。

民宿房东是一位在布拉格生活了几十年的奶奶，她的生活很规律，清晨便开始在厨房忙碌，我也会早起到厨房帮忙，更大的乐趣在于可以观摩奶奶做早餐。班尼迪克蛋是一道常见的西式早餐，但半熟的鸡蛋总是让我望而生畏。奶奶的心思细腻又体贴人，在得知我不爱吃半熟的鸡蛋后，笑眯眯地说道："那我们就来一份全熟的班尼迪克蛋（Benedict：一道常见的西式早餐）！"这让我对班尼迪克蛋重新燃起兴趣和期待。

班尼迪克蛋最为讲究的是浇淋的荷兰酱。奶奶取了两个蛋黄，打散后加入少许醋，再用打蛋器把蛋黄液打至发泡；取一小块黄油放至铁勺中，隔热水融化，用筛网过滤后晾凉；再一边慢慢地将融化的黄油加入蛋黄液中，一边用打蛋器继续搅拌蛋黄液，直至黏稠发白；最后加入少许盐、柠檬汁和胡椒粉搅拌均匀，一份有灵魂的荷兰酱算是大功告成。奶奶将烤至微脆的吐司片放在盘子里做底座，依次加上半片生菜叶、几片牛油果、一片煎至酥脆的培根、一个全熟的水煮荷包蛋，最后再浇上奶奶精心调制的荷兰酱，一份完美的班尼迪克蛋便完美出炉。

　　奶奶是个很讲究的人，早餐也充满仪式感。除了美味的班尼迪克蛋，还有咖啡、热茶、牛奶和果汁等多种冷热饮。露台的休闲桌椅成了我们的早餐桌，简单但不简陋，餐布、餐具、鲜花、水果样样俱全，泰恩教堂的双塔尖顶和布拉格老城风光成了我们的开放式餐厅风景。尝一口期待已久的班尼迪克蛋，鲜美的荷兰酱既有奶酪的浓郁香气，又有柠檬和醋汁的微酸可口，吐司片和煎培根的松脆，中间夹着牛油果和水煮蛋的绵软，还有生菜叶的清脆多汁，口感好极了。这不仅是一顿美味的早餐，也是一场视觉的盛宴。

　　班尼迪克蛋是民宿奶奶家的味道，塔塔蜜就是布拉格街头的味道。

　　漫步在布拉格街头，总能看到人们手里拿着螺旋卷状、烤制金黄的面包圈，那就是捷克的国宝级美食塔塔蜜（Trdelnik）。塔塔蜜是一种古老的甜点，始于18世纪捷克与斯洛伐克的边境小镇斯卡利察（Skalica），其制作方法由约瑟夫·格瓦单伊（József Gvadányi）先生发明，之后制作工艺及口味都经历过数次改进。1923年，捷克露卡家族（LUKA）的乐凯公司（LUCKY）正式开启了塔塔蜜门店的连锁经营之路，并传至波兰、匈牙利、德国、奥地利、卢森堡、立陶宛等多个国家，如今塔塔蜜已成为捷克的一道经久不衰的经典美食，风靡欧洲近百年。

　　布拉格街头有很多的塔塔蜜甜品店，店员在半开放式的制作间里完成塔塔蜜的制作，食客可以站在街头一边等候美食，一边欣赏店员制作塔塔蜜，也是一件饶有趣味的事情。

　　制作塔塔蜜最重要的设备是烤炉，装有特殊的卷筒，在滚轴的带动下匀速旋转，使得特制的发酵面团可在250摄氏度的高温环境下均匀受热，充分保证塔塔蜜的口感和嚼劲。塔塔蜜的制作不算太复杂：首先，在精选的面粉中加入鸡蛋、黄油、鲜牛奶、奶油和活性酵母，经低温发酵后，搓成长长的细条形，再将细长面团均匀地卷在卷筒上；其次，用小毛刷蘸取黄油，均匀地刷在卷好的面团上，再将刷好黄油的面团卷筒放置在辅料槽中滚动，使得面团均匀地蘸上各种各样的辅料，比如糖霜、杏仁粉、肉桂粉、核桃粉、坚果等；然后，将制作好的面团卷筒放入烤炉中烤制；最后，将烤好的塔塔蜜脱模，中间呈空心状，再淋上浓郁的巧克力酱，香甜酥脆的塔塔蜜就完成了。

有人喜欢趁热品尝塔塔蜜，热乎乎、香喷喷、甜蜜蜜，但我更喜欢等它冷却定型后再吃，更有嚼劲、口感更佳，金黄色的外皮令人垂涎三尺，轻轻地咬上一口，外皮酥脆、内里松软，表面的糖霜等香甜辅料令人回味无穷，当中间的巧克力酱在舌尖融化，满嘴都是幸福甜蜜的味道。

布拉格有很多历史悠久的老房子，这些老房子不仅饱含历史的味道，更深藏着令人回味无穷的时光味道。"乌迷得维库啤酒馆（U Medvidku）"啤酒馆的历史可追溯到 1466 年，距今已有 550 多年的历史。布拉格人自豪地说："乌迷得维库啤酒馆是我们的财富！"

乌迷得维库啤酒馆是布拉格最大、最有人气的啤酒之家，后院的啤酒花园足以容纳 500 余人，无论春夏秋冬，这里都是绝对的热闹场合。除了啤酒馆，这栋老房子里还经营餐厅和酒店，啤酒馆完全是一种历史功能的回归，这里的自制啤酒带着浓郁的时光味道，是客人们追逐的真正目标。

乌迷得维库啤酒馆里最受欢迎的是手工酿造的 X-BEER 半黑啤，精选顶级的比尔森麦芽和焦糖麦芽，采用 500 多年流传下来的传统配方和技术酿造，优质的原料经古老而神秘的方法进行发酵和酿制，最终凝聚成一瓶瓶啤酒。X-BEER 的每一次酿造，都是一次历史的传承，都是一份时光味道的记录。

X-BEER 半黑啤度数有高有低，若是不胜酒力，千万别轻易尝试高度数啤酒。13 度的半黑啤恰到好处，天然的麦芽味伴随着愉快的苦涩，在口中发酵之后变成微微的甘甜，令人回味。半黑啤的后劲十足，几口下肚之后，胃里已是热火朝天，脸上很快就会飞上"红云"。

　　美酒自然少不了佳肴相伴，乌迷得维库啤酒馆真是一个充满惊喜的味道博物馆，餐厅里供应着绝对正宗的布拉格本地特色菜肴，食客们足不出户，便可一举将极经典的美酒与佳肴纳入腹中。传统的古拉什、香酥的捷克烤鸭、经典的烤猪肘、酥脆的炸奶酪、浓郁的克奈德利克、怪异的啤酒香肠……豪迈畅饮，饕餮大餐，抛开矜持和烦恼，大可让你的味觉在这里得到酣畅淋漓的释放。

　　寻味布拉格，这座城市可盐可甜，目睹它的风华，品尝它的味道，之后便会止不住地思念它，甚至想再次踏上见它的旅途。

老城新梦

一首脍炙人口的《布拉格广场》唱遍大江南北，布拉格也因此成了许多人心中的执念。当我漫步走在布拉格的青石板路上时，一切都是那么熟悉、那么自然，原来世间所有的相遇，都是久别重逢。

清晨，从布拉格广场的石板路开始。我不喜欢被困在熙攘的人群和喧嚣的氛围里，清晨出行是一个绝佳的选择。冬日清冷，天气晴好，一群白鸽背对着朝阳自由自在地飞翔，广场上空无一人，我可以一个人旋转着跳舞，原来歌里所唱的布拉格画面，不在黄昏，而在清晨。

布拉格广场是外国游客对它的直称，它的本名应是"老城广场"，位于老城区最中心的位置，距今已有900多年的历史。在11至12世纪，这里曾是欧洲极重要的贸易集市之一，这里也曾发生过众多决定国家命运的历史事件。广场由青石板铺就而成，青石板饱受风霜和岁月的洗礼，边缘光滑，石面圆润，但依旧坚硬无比，不喧哗，自有声，是老城广场悠久历史的最有力见证者。广场上立着宗教改革先驱扬·胡斯的雕像，是为纪念胡斯逝世500周年而立。

布拉格广场拥有得天独厚的地理位置，再加上其作为贸易交易中心的重要地位，使得它成为人们心中的风水宝地，引来众多富商的"觊觎"。来自欧洲各国的富商们纷纷在布拉格广场的周边建起风格各异的豪宅，面向广场的外墙上都装饰着精美绝伦的壁画或雕塑，成为广场的一道独特风景线。如今，布拉格广场周围的底商是各式各样的餐厅、咖啡馆、甜品店和木偶店等，风格多样的建筑和琳琅满目的商店使得布拉格广场成为老城区最繁华的区域，也是它成为旅客必游之地的理由之一。

老城广场上最醒目的建筑是泰恩教堂，也是布拉格地标，灰黑色的哥特式尖顶双塔与周边色彩绚丽的建筑风格迥异，非常引人注目。它的黑色墙面和屋顶、诡异的外形酷似童话中的魔鬼城堡，因此也被人们形象地称作"魔鬼教堂"。泰恩教堂历史悠久，前身建于1135年，是一座罗马式教堂，因当时的外贸所需，其中还附带供外国商人住宿的客房。之后，泰恩教堂经历了坎坷历史，现如今所看到的泰恩教堂始建于14世纪，直至15世纪初才基本完成主体结构，后期陆续完成塔楼、山墙及屋顶等。泰恩教堂外观为哥特式建筑，内部因大火烧毁后重建，现为新巴洛克风格；高达80米的钟楼构成教堂的正面，两座尖顶是塔中有塔的针叶复式尖塔，顶端装着纯金细长圆棒，圆棒的末端装着圆球，远远看去，像是供信徒虔诚祷告的烛台。

胡斯雕像的另一侧是旧市政厅，南墙上挂着的布拉格天文钟（也称"布拉格占星时钟"），是一座异常精美别致的中世纪自鸣钟。钟楼和天文表盘始建于1410年，之后陆续增建了日历表盘、雕像及十二使徒木雕，第二次世界大战末期曾被炮击，受损严重，战后经修复和重制，于1948年恢复运转。这座制造于15世纪的复杂又奇妙的自鸣钟，至今仍走时准确，每天早9点至晚9点的整点，位于最上方的小窗格自动打开，十二使徒两两依次出现，六个向左转，六个向右转，之后窗格关闭，随着一声雄鸡鸣叫，整点报时钟声响起。布拉格天文钟的整点报时，是所有旅人心目中的旅行重点，当地人也常常驻足于此，所有在场的人都满怀热烈的期盼，虔诚地等待着钟声响起的那一刻。钟声绵远悠长，仿佛从15世纪传来，时间不老，如此永恒。

出了布拉格广场往西走，很快就来到伏尔塔瓦河的东岸。伏尔塔瓦河是捷克共和国最长的河流，是捷克人民赖以生存的母亲河，是捷克民族繁荣昌盛的摇篮。伏尔塔瓦河全长435千米，流域面积超过28000平方千米，发源于波希米亚西南部的森林，先向东南、后向北流。布拉格位于伏尔塔瓦河的下游河段，它如同一个大大的问号一般，将布拉格一分为二，东岸是老城区和新城，西岸是城堡区和小城。

伏尔塔瓦河绵远不绝，因为流水的存在，古老的城市更添了几分活力，太阳光的照射使河面泛起粼粼波光，宽广的伏尔塔瓦河面被厚厚的雾气笼罩，犹如一条金色的祥龙正腾云驾雾。你可以沿着伏尔塔瓦河畔漫步，欣赏河两岸的中世纪古城风光，也可以乘坐游船顺流而下，以流水的角度欣赏布拉格之美。无论你将以何种方式游伏尔塔瓦河，都请你为自己准备一副耳机，在伏尔塔瓦河畔时为自己放交响曲《伏尔塔瓦河》，优美、宽广的旋律一如伏尔塔瓦河的水流，带给你跌宕起伏、叩响心扉的震撼。

在布拉格境内的伏尔塔瓦河上，共有17座桥，成为连接伏尔塔瓦河东西两岸的纽带，其中最著名的是查理大桥（Karlv Most），它是布拉格的地理中心，也是国王加冕礼的必由之路。站在查理大桥上，远可眺望布拉格城堡，近可俯瞰伏尔塔瓦河，河上的日出日落是许多旅人追逐的风景，许多人因为查理大桥而爱上了布拉格，甚至有"走过九遍查理大桥，才算真正来过布拉格"的说法。

查理大桥是伏尔塔瓦河上现存最古老的桥，其东西两侧各有一座桥塔，是大桥的门户；大桥全长约515米、宽约10米；有16个桥拱；桥上共有30尊雕像，都是《圣经》中的人物，两两相对，大多数为巴洛克风格。查理大桥不仅仅是一座桥，更是一条艺术长廊、一个巨大的露天巴洛克雕塑展览馆，古老的大桥本身就充满沧桑美，每一尊雕塑都有自己的故事。位于大桥正中的北侧耸立着一尊最具代表性的雕像，它是30尊雕像中唯一的一尊铜像，是捷克的历史名人圣约翰·内波穆克的雕像，在德国纽伦堡用青铜打造。雕像的基座被来来往往的游人触摸得锃亮，据说触摸基座能带给人们好运，还能重回布拉格。诚然，人们都愿意相信美好的传言。

我站在查理大桥上凝视远方，任由时间如流水般匆匆溜走，旅行的美好不仅仅在于行走时的丰富，更在于停留时的空白，向外奔走是旅行，停驻放空也是旅行。在布拉格的时光犹如梦一场，我为之宿醉。

查理大桥以西

　　一个有故事的城市离不开一条河，有河就有桥，有桥就有故事。

　　飞跃在伏尔塔瓦河上的查理大桥有很多耐人寻味的故事，一直以来，它都是画家、诗人、艺术家和摄影师们永不枯竭的创作源泉，所有与查理大桥相关的作品，无一不流露着对这座大桥的崇高敬意，其中最为著名的是捷克音乐之父斯美塔那的交响诗《我的祖国》。

　　1874 年秋，作曲家斯美塔那被耳疾纠缠，痛苦不堪，甚至一度想结束生命。"那天清晨，我缓缓地走上大桥，没有人知道我想干什么。就在这时，我突然听见伏尔塔瓦河的激流撞击查理大桥的声音……"伏尔塔瓦河的激流声、查理大桥的回声唤醒了斯美塔那的耳朵，在晚年的回忆录中，斯美塔那称伏尔塔瓦河的激流声是捷克人心灵的呼唤，而历经几百年风雨雪火的查理大桥，则是他心中的祖国。

　　后来，斯美塔那对祖国、对伏尔塔瓦河、对查理大桥的真挚情感，都凝聚成著名的交响诗《我的祖国》。如今，《我的祖国》的原始曲谱仍被保留在查理大桥旁的斯美塔那故居里，曲谱早已泛黄，真挚的情感依旧激荡人心。在曲谱的留白处，斯美塔那用斯拉夫文标注着伏尔塔瓦河和查理大桥的字样，那是他生命的源泉。

据说，天才小说家卡夫卡（弗兰兹·卡夫卡（Franz Kafka）出生在查理大桥的桥墩边，他干脆称查理大桥为他生命的摇篮。在生命的最后，他让守候在身旁的好友雅努斯记录下最后一句话："我的生命和灵感，全部来自伟大的查理大桥。"卡夫卡去世后，雅努斯出版了著名的回忆录《卡夫卡对我说》，他在书中写道："我经常为卡夫卡如此钟情查理大桥而吃惊，他从三岁时便开始在桥上游荡，他不但能说出大桥上所有雕像的典故，有好多次，我甚至发现他竟在夜晚借着路灯的光亮在数着桥上的石子……"

查理大桥的故事很多很多，走过九遍也不能读完，或许要像卡夫卡那样数一数桥上的石子，才能真正读懂查理大桥。然而，数得清的是石子，数不清的是人生；数得清石子，读得懂查理大桥，却也未必读得懂卡夫卡。桥上人来人往，桥头的艺人、画家和商贩用行为讲述着关于时光和过往的故事，桥上的旅人用笑容演绎着关于幸福和未来的期盼，河水激荡，阳光照射，查理大桥被河上升腾而起的水雾弥漫，桥上来往的行人像是从卡夫卡的小说里走来，并且依然走在卡夫卡的小说里。

查理大桥的西侧由小城桥塔镇守，是一高一低两座塔楼，中间由一座哥特式拱门相连。穿过拱门，走出小城桥塔，我们穿越了伏尔塔瓦河，朝着布拉格城堡的方向走去。

与老城区有些差别，查理大桥以西的街区，大多是弯弯曲曲的小街。街道相连的开阔处被艺人们占领，各类艺术在此和谐共处，有玩巨型泡泡的，有印度耍蛇人，有小型交响乐队，还有带着狗狗长跪不起的行为艺术者，他们的活动为古老的街区增添了更为丰富的色彩和音调。拐进银匠街，很容易就能找到卡夫卡故居，宽不盈丈，高则伸手可及，低矮的小屋看起来有些荒诞，与卡夫卡的小说风格如出一辙，那些用荒诞手法创作出的小说人物被充满敌意的环境紧紧地包围着，孤立而又绝望。恍惚间，他们似乎从小屋里走出来，变得鲜活起来。

山丘的高处，是最令人瞩目的圣维特大教堂，1344 年查理四世决定修建，直至 1992 年才正式完工，工程之浩大、工时之久令人咋舌。圣维特大教堂是捷克历代皇帝举行加冕典礼的场所，有"建筑之宝"的美誉，与其相邻的是简朴的旧皇宫，两相比较，圣维特大教堂就是奢华的代名词。

从外部看，圣维特大教堂是明显的哥特式风格，灰黑色的外墙、高耸入云的尖塔、独具特色的拱顶、精美无比的飞浮雕，无不令人眼花缭乱又欲罢不能，塔顶是文艺复兴式的大钟，钟楼可俯瞰布拉格全景。进入教堂内，穹顶高拱，廊柱森严，雕梁画栋，肃穆庄严的气氛不禁令人敬意油然。教堂四周华丽的彩色玻璃窗最是流光溢彩，将光线与影像抚弄得迷离游移，牢牢地吸引众多游客的眼球，每一扇玻璃窗讲述的故事各不相同，被称为"无字圣经"，令人目不暇接。圣维特大教堂不仅是"建筑之宝"，也是艺术殿堂，汇聚了建筑、绘画、雕塑等多种艺术，融合了哥特、巴洛克、文艺复兴等多种风格，处处都是艺术，样样都是精品。

从圣维特大教堂出来，黄昏已洒满布拉格，清晨从未遇见过黄昏，但太阳与月亮会在同一天空相遇，时间不老，终会重逢。广场边缘的围墙处，是观赏布拉格全景的绝佳视角，很多摄影作品都是从这个角度拍摄的，向远处看去，布拉格是一座彩色的城市，造型各异、颜色鲜艳的屋顶是它的主色调，若不是亲眼看过、亲手触摸过那些久经风霜的老砖墙，我差点都忘了灰黑色也是布拉格的重要色调。

夜凉如水，布拉格的天空异常深邃悠远，月亮被遮住了脸庞，星星也在云朵间躲猫猫，随风翻卷的乌云为布拉格的夜注入忧伤的音调。旁边的旅人似乎有心事，他从背包里拿出一瓶红酒，坐在围墙上闷闷地喝起来，许是情到深处，竟然一边大口地灌酒，一边放声高歌，歌声里带着些许哭腔，脸庞上是晶莹的泪珠。风都被他感动了，慢慢变得温柔起来，月亮再次露出脸庞时，他已把悲伤的情绪都发泄完毕，兀自跳下围墙，走到广场中央跳起舞来，不明就里的人围观着，人越来越多，跟着起舞的人也越来越多，本是一曲悲伤的独舞，最后却成了一场狂欢的盛宴。

查理大桥以西，布拉格的颜色是丰富多彩的，布拉格的夜是带有些许忧伤的，如诗如画，令人如痴如醉。

第六辑　柬埔寨

在废墟间遇见微笑

　　我的柬埔寨之旅是在匆忙之间决定的，偶然看到春节时的往返机票很划算，在征得妈妈的同意之后，便果断地决定带着她和小睿，来一场说走就走的旅行。这也是我妈妈的第一次出国之旅，我对它寄予厚望。

　　朋友小宁知道我的决定后，惊得下巴都要掉下来，她说："你怎么能带着老人和孩子去柬埔寨？你一定会后悔的！"然后，她绘声绘色地罗列了一大堆柬埔寨会让我后悔的理由，甚是唬人。虽然我向来都不在意别人的评价，只注重自己的体验，但这次毕竟是带着老人和孩子，我的心里或多或少有些膈应。

　　为了保险起见，我尽可能详细地做出行攻略，但往往越怕什么，就越来什么。翻看《孤独星球：柬埔寨》时，一则显眼的加粗提示令我震惊不已，在柬埔寨旅行时要严防飞车抢劫，曾有一名法国女生在暹粒街头遭遇飞车党，因背包挎在肩上没能甩脱，不幸被拖行致死。在网上浏览柬埔寨旅行攻略，也常有人提到飞车抢劫。除此之外，宰客现象、卫生状况、出行条件、饮食等也令人担忧。诸多渠道的信息，都佐证了小宁的说辞，我的心里已经不自觉地生起了防备，我还从未如此这般，在出发之前就对目的地丧失信心和信任。

　　按照原计划，我们如约出发。广州的初春阴雨连绵，寒冷刺骨，到达暹粒机场后，一股热浪迎面袭来，温度的反差之大，令我无所适从。适逢旅游旺季，机场出口处挤满了来自世界各地的游客和负责接机的本地司机。人潮拥挤使我更加没有安全感，从下飞机的那一刻起，我便如临大敌，始终保持高度警惕，警觉的目光四处扫射着，也不停地提醒妈妈和小睿，千万要捂紧包，跟紧我。我像是一只受惊的刺猬，竖起全身的刺保护着自己和家人的安全。

　　酒店派来接我们的司机叫安东，中文说得不太流利。他探身向前想要帮我提行李，我却紧张地往后缩着身子，他感觉到好像冒犯了我，嘴里不停地说着"对不起、对不起……"还一边不停地鞠着躬。看着他那副窘迫的样子，清澈的眼神里写满了抱歉和不安，我才意识到自己的失礼，我的晦暗心情已经伤及无辜了，我赶忙向他道歉。

　　安东带着我们穿过黄土漫天的道路，来到位于暹粒市区的酒店。安顿好行李之后，时间尚早，我带着妈妈和小睿上街溜达。暹粒的街头热闹非凡，当地人的肤色呈现出特有的黝黑色，人潮中一眼就能被识别，各种肤色的游客都是闲情逸致的姿态，摩托大军和TuTu车各行其道。我小心谨慎地在暹粒街头行走着，当地人是礼貌和热情的，没有传说中的飞车党，许多欧美游客坦然地将相机挂在胸前，包背在背后。我的紧张显得太过多余，或许我应该试着褪去盔甲，卸下防备。

　　暹粒没有我想象的那么糟糕，短短两天的工夫，我已经完全换了另一种眼光看待它。

　　酒吧街上有很多鲜榨果汁摊，1美元1大杯，各种新鲜水果随便挑选，随意组合，不加任何添加剂，原汁原味新鲜纯正。我总在红钢琴餐厅门口的那个摊位上买果汁，摊主是个年轻女孩，皮肤黝黑发亮，还有些许婴儿肥的脸蛋自带喜感，每说一句话都会嘴角自信地上扬。在酒吧街来来回回许多趟，我总在她那里买果汁，她总是不给盖子，趁我喝完一大口后停下来歇息的工夫，她又把我的杯子抢过去，再给我加上满满的果汁，还一边竖着大拇指一边笑着说："好喝，多喝！"那灿烂的笑容让我完全没办法拒绝，但她从来不会多问要我一分钱。

在暹粒街上闲逛时，小睿的背后总是跟着一群乐不可支的孩子，一双双好奇的大眼睛紧紧地盯着他的恐龙造型背包。他们很懂得礼数，尽管好奇，但始终只是远远地站着看，大大方方地笑，不会冒失地伸手去摸。小睿倒是很大方，把包摘下来递给小朋友们，小朋友们高兴极了，接过恐龙包左右上下翻转着打量，爱不释手，小睿就在一旁静静地等着，等他们看个痛快。孩子们的天真和快乐是掩饰不住的，全都在清脆的笑声里，毫不造作。

不知不觉间，我已经开始明目张胆地背起双肩包，大步流星轻松散漫地在暹粒城里走街串巷，我的郁闷和不快，快被暹粒人的笑容和笑声治愈了。旅行的好处或许就是这样，走过的地方越多，你越能够感知到世界之博大、自己之渺小，于是慢慢学会放下执念，慢慢学会顺其自然。

我们常常羡慕别人的拥有，仰望那些未曾得到的东西；我们相信这个世界上，有人正过着我们向往的生活，却不曾想象过，这个世界上还有很多人正羡慕我们的生活，渴望得到我们的拥有。殊不知，一个人最幸福的时刻、最美好的姿态，是拥抱当下。

小睿只有三岁，在巴戎寺游览时，他眨巴着眼睛问道："妈妈，为什么小朋友都不穿鞋？"我一时间不知道该如何回答他，没有经历过艰辛生活的孩子，如何能够懂得没有鞋子的苦楚呢？

在吴哥窟的景区里游荡的那些小孩，大多数都已经到了读书的年龄，却迫于家庭贫困而辍学，靠着在景区里游荡得到游人的些许施舍，拿回家给父母补贴家用。机灵点儿的小孩，会在景区贩卖明信片、围巾等小物件，或是向中国游客兜售蒋勋老师的《吴哥之美》盗版书、向欧美游客兜售盗版的 *Lonely Planet*（《孤独星球》）。

更让人心疼的便是五六岁的孩子就已经担起家长的重任，一边贩卖小物件，一边照看两三岁的小弟弟、小妹妹。小小孩总是那么淘气，说哭就哭说闹就闹，光着身子在黄土路上滚得浑身是泥，小家长怎么哄也哄不好，一副欲哭无泪的样子，着实让人心疼不已。他自己也还是个孩子，他也需要有人哄有人疼。

有人说，柬埔寨是个同情心泛滥的地方。或许是吧！但是，当地人脸上洋溢着的笑容、每家每户的窗台正绽放着的鲜花，似乎都在告诉外国游客，各自有各自的幸福，他们不需要被同情。虽然贫穷，但当地人的快乐溢于言表，他们随时都会朝着你咧开嘴、露出一口大白牙灿烂地笑起来。虽然匮乏，但他们骨子里的不卑不亢和自信热情，足够把你感染到要融化。

一如吴哥遗迹的寺庙那般历经沧桑，一如这个国家的领土般饱经风霜，这里的人们在历尽劫难之后，终于迎来了和平和希望的曙光，在贫穷的生活里依然能够忘情地开怀大笑。他们的可贵之处，就在于虽然历经世间苍白，但心底里依然童话斑斓，在苦难中勇敢地拥抱当下，他们脸上灿烂的笑容，是看淡世间疾苦之后的解脱，又更多了一份全力以赴去生活的热情和活力。

生活的吊诡之处就在于，它总会在极乐处预设一点悲，也总会在确丧中安排一点喜，我们都要学会放下包袱、收拾心态、笑对生活。

有一种神秘，叫高棉的微笑

林青霞在为蒋勋先生的《吴哥之美》作推荐序时，写道："最让我赞叹的是，阇耶跋摩七世晚年为自己建造的陵寝寺院巴戎寺，49座尖塔上100多个大佛头，随着一道道黎明曙光的照射，一尊跟着一尊闪出慈悲静谧的微笑，那个微笑就是高棉的微笑。"想象一下，那画面该是怎样的美？当神秘微笑着的佛陀脸庞被朝阳照出金灿灿的光芒，那势必是一场流动的信仰。

我们原本计划早起去巴戎寺看日出，但清晨醒来发现小睿有点发烧，无奈只好取消日出计划，干脆在酒店睡到自然醒。错过巴戎寺的日出难免有些遗憾，但坦然地接受旅途中的变数，也不失为一种修行，若内心笃定，又何惧变数？

等我们慢悠悠地用完早餐，小睿的状态好了许多，我们开启迟到的巴戎寺之旅。巴戎寺位于吴哥通王城的中心，距离酒店不算太远，司机安东带我们从通王城南门进入巴戎寺。春季是吴哥窟的旅游旺季，几乎每一个到吴哥窟的游人，都会来到巴戎寺，这里显得格外热闹，从远处望去，许多游客几乎是与巨大的四面佛近距离面对面。

佛教思想信奉须弥圣山为世界的中心，是诸神的所在。巴戎寺的建造遵循佛教思想，寺庙底部是两个同心方形回廊构建的双层台基，台基上环绕中央尖塔的是排列着的 49 座形状相同的巨石塔，每座石塔各有一座四面佛。

这些四面佛都是典型的高棉面容。据历史考证，四面佛雕像是以真腊王国王阇耶跋摩七世的面容为蓝本所刻。四面佛安详的脸庞似笑非笑，嘴角微微上扬，眼睛微微闭着，像是凝视远方又像是闭目养神，脸上表情各异，却又说不出到底哪里不同，安详中带着几分神秘。四面佛的四个面，分别代表慈、悲、喜、舍，无论是辉煌还是苦难，始终微笑以对。这已经成为柬埔寨国家和宗教文化的重要代表，它有一个享誉世界的名字，叫"高棉的微笑"。

我们没有急于攀爬巴戎寺，而是远远地绕着它转圈，无论从哪个角度看，四面佛始终都保持着神秘的微笑，不可言说的宗教力量，就在一颦一笑间穿透人心。

进入巴戎寺后，我们来到两个同心方形回廊，回廊上有大量的精美浮雕和壁画，以神话故事、历史战争和当时的日常生活为主要题材。小睿原本对寺庙不感兴趣，但回廊上的浮雕和壁画引起了他的注意，他牵着姥姥的手边走边看，还一边发挥着自己的想象力，给姥姥讲着自己编织的故事。

我坐在回廊中心的空旷处歇息，高大的中央尖塔遮挡住强烈的阳光，地面上是斑驳陆离的四面佛的影子。不经意间抬起头，我看见高处的四面佛仍旧神秘地微笑着，虽然不是平视的角度，但每一尊面向我的佛，似乎都在看着我。我突然明白，无论是远在庙堂之外，还是身在寺中，众生皆平等。坐在这里的时间越长，我的内心越发地宁静，这是一种带有力量的宁静，治愈我的沮丧，抚平我的焦躁。

无论是哪种宗教，诸神的所在多是高高在上的，吴哥窟的众多寺庙都有着高高耸立的空间。欧洲教堂和大多佛教寺庙的尖顶往往都只可仰视不可抵达，神圣不可亵渎，但吴哥窟的寺庙是可以攀爬的，游人可通过虔诚的身体力行，攀爬到诸神所在的高处，与微笑的四面佛平视，从佛陀的视角俯瞰众生。然而，信仰从来都是庄严肃穆的，容不得有半点的虚情假意，更不容许游人放肆地嬉笑打闹。

通往中央尖塔的阶梯位于回廊的中心，异常狭窄陡峭，只能容许一个人手脚并用俯身贴地慢慢前行，这就是信仰的所在，在通向心灵修行的阶梯上，信徒们必须倾尽虔诚、匍匐而上，必须放下身段、谨慎前行。即使你的心中没有信仰，也须懂得敬畏，如若在攀爬阶梯时嬉戏打闹，一不留神便会从高处坠落下来，是很危险的。

小睿走在最前面，我在后面一手托着他，一手扶着栏杆小心翼翼地拾级而上，妈妈跟在我的身后。俯身贴着阶梯向上攀爬，两层台基数十节的阶梯，我们大约攀爬了 20 分钟，终于来到四面佛塔的最高平台处。平台的边缘没有栏杆遮挡，游人们全凭自我保护意识，自觉地远离危险的边缘处，聚集在四面佛周边。站在平台处，不知是攀爬导致肌肉紧张，还是恐高症作祟，我的双腿竟然在微微地颤抖。

高台处可以与四面佛平视，佛陀的微笑就这样呈现在我的眼前。我站在佛像前，久久地凝视着，但终究看不透，佛陀到底是凝视远方还是闭目养神？我转过身来，从佛陀的角度俯瞰远处，目光所到之处，黑白斑驳的寺庙掩藏在漫天黄土和茂密树林间，这片土地曾经辉煌一时，众多建筑奇迹在荒原中拔地而起；之后历经劫难，战火燎烧、生灵涂炭，宏伟的建筑被汹涌生长的丛林湮没；如今劫后余生，这个国家和这片土地上的人们，都在劫难之后坚强生存。

妈妈担心年幼的小睿四处乱跑，索性找了个开阔的地方坐下来休息。我自顾自地绕着四面佛塔转圈，平台上空间狭窄，哪怕是慢步前行，也得小心翼翼，稍有不慎就会踏空跌落。仔细端详，每一尊四面佛的容貌和表情都各不相同，历经千年的风霜侵蚀和战火的摧毁，四面佛只剩下斑驳的黑白两色，很多佛像都已残缺不全，但那神秘的微笑仍然保持着千年以前的模样。

万物难逃大自然的规律，生死轮回，盛极必衰。四面佛矗立在巴戎寺的最高处，历经千年的风雨沧桑，看遍世间的繁华荒芜，如今只留下似有似无的浅笑安然，其他的，都写入无言中。

蒋勋先生说："《金刚经》的经文最不易解，但巴戎寺的微笑像一部《金刚经》。"一次旅行，我没有读懂巴戎寺，但每每说起巴戎寺，我总会不自觉地联想到柬埔寨人乐观热情的生活态度，一如这四面佛的微笑般，自带向上的力量。

梦里吴哥知多少

吴哥窟被人誉为"一生必去一次的地方",但如果没有看过吴哥寺(Angkor Wat)的日出,就不算真正到过吴哥窟。吴哥寺的日出堪称绝美,是一场神秘又壮丽的光影盛宴,惊艳了无数游人。人们在黎明前的黑暗中,在半梦半醒间等候吴哥寺的日出,却无人问起,梦里吴哥知多少。

人们常说的吴哥窟,通常是指整个吴哥遗迹群的统称,而真正的吴哥窟,即吴哥寺。12世纪时,国王苏耶跋摩二世希望在平地上兴建一座规模宏伟的石窟寺庙,作为吴哥王朝的国寺,于是举全国之力,花了大约35年的时间建造了吴哥寺。吴哥寺原始的名字是Vrah Vishnulok,意为"毗湿奴的神殿",寺庙里供奉着主神毗湿奴。现如今,吴哥寺仍然是世界上最大的庙宇,也是世界上最早的哥特式建筑。

1992年,联合国教科文组织将吴哥窟列入世界文化遗产。吴哥寺是吴哥遗迹群中保存最为完好的建筑,是柬埔寨最靓丽的旅游名片,以宏伟的建筑与精致的浮雕闻名于世。吴哥寺是柬埔寨的国宝,其宝塔耸立的造型成为柬埔寨的国家标志,展现在柬埔寨的国旗上。

吴哥寺的建筑布局独一无二,它是吴哥古迹建筑群中唯一一座坐东朝西的建筑。由于年代久远，对其朝向选择的寓意已无从考证，但如此别出心裁的安排，定有它的绝妙之处。而正是因为其独特的建筑朝向、宝塔层叠耸立的外观设计，成就了吴哥寺"世界最美日出"的盛名。

去吴哥寺守候日出，是吴哥窟旅行清单里的必备项目，即使是带着年幼的小睿，我也没有放弃追逐吴哥寺的日出。凌晨三点半，美梦正酣时，我们在闹铃中醒来，不敢有丝毫懈怠，急忙起床洗漱，然后到酒店大堂与 TuTu 车司机安东汇合。

夜半赶路的体验很奇妙，天还没有一丝光亮，路灯昏暗无神，道路两旁的参天大树在星光下影影绰绰，时而像巨蟒蜿蜒，时而像丝绸飘动，时而像瘦骨嶙峋的鬼爪，时而像丰腴的圆润美人……天空一片黑寂，路上却是热闹非凡，尽是奔跑着赶往吴哥寺的 TuTu 车，原本我还担心小睿会害怕天黑，没想到的是他很享受 TuTu 车飞奔时的颠簸感，用他的话来说是像坐摇摇车。

耳边时不时地会响起喧嚣声，性子急的 TuTu 车呼啸着飞奔而过，我们用不同的节奏，奔向同一个目的地。对夜半奔跑在路上的游人来说，吴哥寺的日出是一场盛宴，也是一个信仰，我们用与时间同行的方式表达心中的虔诚。很难想象除了追逐日出，还能有哪一件事能让远道而来的游人能如此整齐地夜半奔忙。

等我们赶到吴哥寺前面的停车场时，周围已经热闹得像是白天的高峰期景象。吴哥寺景区内没有路灯，尽管天黑，却不影响我们行路，吴哥寺前有一条很长很长的中心引道，笔直、壮观，看日出的人群打着手电或手机电筒向前行进，远远看去像是一条"火龙"。中心引道的两旁有两个水池，是观赏日出的绝佳位置，尤其是左边的那个水池，不仅能看到吴哥寺的倒影全景，还能看到更为壮观的日出景象。停好车后，司机安东就领着我们往左边的水池赶，争分夺秒地想要占领最前排的有利位置，他比我们还着急，生怕去晚了，就只能在后排看密密麻麻的后脑勺。

幸好，我们来得还算早，左边水池的前排还有不少好位置。游人们蜂拥而至守候日出的水池，不过是两个几近干涸的小泥塘，如果它们不是位于吴哥寺前，很多人会绕开它们走路，生怕泥塘里的污泥脏了自己的鞋。所以，千万不要小看任何一个小泥塘，虽是其貌不扬、污泥垫底，但它们也拥有清澈如镜的水面，水面上生长着美丽的睡莲，水面上的倒影成就了吴哥寺"世界最美日出"的盛名。

不一会儿的工夫，我们的身后就站满了人和相机三脚架。站在水池前，景观绝佳，吴哥寺清晰完整地倒映在水面上。远处的天空蒙蒙亮起，天边的云彩随着光线的变化，也由灰黑色慢慢变成宝石蓝，再变成壮丽的九色玫瑰，然后变成漫天的红霞。人们早已按捺不住欢喜，纷纷按下相机快门，记录太阳升起的全过程，每一帧都是唯美的画面，相机的"咔嚓"声响成一片，成了太阳升起的奏鸣曲。

当天边的云彩变成浓郁的橙黄色时，人们都屏住呼吸等待着太阳升起的神圣时刻，吴哥寺沉静地倒映在水中，五座尖塔在朝阳的光辉下格外庄严。终于，一轮血红色的太阳徐徐地从五座尖塔间升起，暖暖的金光宣告生命的苏醒，灰黑色的吴哥寺被笼罩在金光中，轮廓分明，也仿佛在告诉人们，吴哥王朝也曾是这片土地上冉冉升起的太阳。

美丽是短暂的，瞬间即是永恒，太阳很快就照亮了天空，照亮了人们的脸庞。每一个人看到的日出角度不同，每一个人感受到的震撼不同。有人喜欢七彩斑斓的朝霞，有人喜欢乌云镶嵌金边，有人为云彩的变幻而感动，有人为红日的升起而感叹。有人欢呼雀跃，相拥相吻；有人满心欢喜，如获至宝；有人沉默离去，怅然若失；有人如见本心，潸然落泪……日出日落，世事轮回，何尝不像人生？有起有伏，有悲有喜，有聚有散，有黑暗有光明，有黯淡也有绚烂……

日出日落天天有，可我们都热衷于旅行到别处去发现这大自然的壮观和瑰丽，吴哥寺独有的景致吸引无数游人心甘情愿远道而来为它守候日出，但与日出的缘，却因人而异，如果天公不作美，便是与吴哥寺的日出无缘。但是，也无须遗憾，每一种经历都是收获，当你走过那段路，眼里的风景便已与从前不同。

　　"过往尽成废墟，未来不可知悉，唯有当下教我们万般珍惜。"正如蒋勋先生在《吴哥之美》里所写，我们能做的便是活在当下，且行且珍惜。

尘封在树洞里的花样年华

年少时轻狂，我未看懂王家卫的电影《花样年华》，当周慕云（梁朝伟饰）问苏丽珍（张曼玉饰）："如果我有多一张船票，你会不会同我一起走？"我在心里替苏丽珍答道："当然会！"我天真地认为，那就是最温柔的浪漫。

《花样年华》的最后一幕，周慕云辗转千里来到吴哥寺，对着一个树洞说出了藏在心里的秘密，然后用一团草封缄，让秘密随着时光的流转，风化成岁月里的尘埃。此时此刻，在吴哥寺的最高处，身着黄色袈裟的小和尚正沉默着微微笑，将周慕云的一举一动看在眼里，脸上的表情耐人寻味。少年不识愁滋味，从小就受佛教文化熏陶的小和尚正是无忧无虑的年纪，他能看穿周慕云的心事吗？他安静地坐在高处，看他人寻找树洞倾诉忧愁烦恼，看远处波澜不惊云淡风轻。

树洞到处有，导演王家卫为什么千里迢迢去到吴哥寺，就为拍这样一个场景？而且周慕云倾诉秘密的地方并不是一个真正的树洞，而是灰色砂岩墙上的一个石洞。周慕云到底对着树洞说了什么样的秘密？电影的最后设置悬念，为观众留下无限的想象。

　　无论真相如何，人们都已不再纠结那到底是一个树洞还是一个石洞，人们更在意的是"树洞"本身，"树洞"已然成了一种精神上的象征和寄托，人们把它当成了心事的倾听人、秘密的寄存处。

　　随着年岁的增长，少年慢慢识得忧愁的滋味，开始懂得树洞的意义。待我再看《花样年华》时，禁不住泪流满面，为世事无常，也为沧桑变幻。我开始慢慢理解《花样年华》，残忍得像一首悲情的诗，开始慢慢懂得电影里所刻画的激情、困惑、隐忍和无助，令人绝望却又充满希冀。花样年华，岁月无声，或许我们缺的不是船票，而是冲破现实桎梏的勇气和决心。

　　当我来到吴哥寺，我发现这里有许多寻找树洞的旅人。许多人对吴哥寺的向往都是始于《花样年华》，也有许多人像周慕云一样，当真携着秘密而来，试图把它藏在吴哥寺的树洞里。人们都愿意相信树洞有着神奇的魔力，心事说给树洞听，我们便会变得更美好。

　　我在吴哥寺里兜兜转转，终于找到周慕云倾诉秘密的那个树洞。树洞前人来人往，知情的人会虔诚地走到树洞前，轻声地诉说自己的秘密，不知情的人也会好奇地上前，轻轻触摸那似有似无的树洞。周慕云拿来封缄秘密的那团草早已不知去向，树洞被众多游人触摸，洞口已磨损得光滑柔亮，但周慕云的秘密早已被深深地尘封，任凭沧桑变幻、游人往来，无人能带走。

　　天色已临近傍晚，太阳褪去刺眼的光芒，夕阳余晖下，光线变得柔和，吴哥寺开始呈现光与影的神奇变幻。这一刻，吴哥寺被笼罩在低沉柔和的光影色调中，这不正是《花样年华》的电影色调吗？导演不远千里来到吴哥寺，选择这一幕作为电影的结尾，真可谓是用心良苦，既是电影基调的收敛，也是电影结尾的开放。周慕云抚摸着已经风化的石墙，对着"树洞"细声耳语，将那份真挚深沉却又无可奈何的深情完全交付吴哥寺，一切终成释然。有些心事无法诉说，有些情愫无法放手，把它封缄成秘密，让它随着石头风化，变成岁月的尘埃，再飘散到空气中，每一粒尘埃都在倾听，每一粒尘埃都在倾诉。他的孤独，总有人听，总有人懂。

电影总是有这样的感召力，寻找树洞的人万万千，却不知有几人能终得释然。每个人的心里都藏着或多或少的秘密，那些在现实生活中难以启齿的恼人心绪，那些已经失去的青春年华留下的深深遗憾，那段有缘无份却又久久不能释怀的感情……时光荏苒，世事无常，有些失去无法挽回，有些错过不必遗憾，且把惆怅当美酒，在时间的酝酿下历久弥香。

于时间，于空间，吴哥寺都是一个传奇，包容了一千多年的世事无常，依旧浅笑安然。花样年华已被深深地尘封于树洞中，而活在现实中的我们，要学会微笑，微笑着看遍世事变迁，品味喜乐忧伤，面对成住坏空，也要学会封缄，封缄错过、遗憾、失去。我们更要相信，所有的一切，冥冥之中早有安排。

夕阳西沉后，汹涌的人潮散去，我终于能安静地独自站在树洞前。面对着树洞，我没有说出心事，却也已经了然。树洞已经成为许多人倾诉秘密的寄托，当我准备离开树洞时，我突然明白，真正的树洞应在我们心里，有些秘密不必说出口，留在内心深处，让其自然芬芳。

做自己的树洞，将秘密安放于内心深处，唯有自己释然，惆怅才不惘然。

树与寺的旷世之恋

少年时满腔豪情，我曾幻想自己成为一个冷酷的女侠，像剑客一样行侠仗义，像探险家一样冒险和猎奇。2001 年热映的美国大片《古墓丽影》满足了我的许多想象和猎奇心。桀骜不驯的劳拉身手矫健、强悍干练，而挑衅的眉毛和极具诱惑力的神态满满都是女人的妩媚，她成了许多影迷心中的女神。

饰演劳拉的安吉丽娜·朱莉（Angelina Jolie），凭借《古墓丽影》的高票房确立了巨星地位，演艺事业达到巅峰。但说到在柬埔寨的最大收获，她认为并不是高额片酬，也不是诸多荣誉，她在接受采访时坦言："柬埔寨之行，成为我生命的转折点，我在柬埔寨找到成为妈妈的勇气。我从前不想生小孩，从不想怀孕，甚至没帮人带过小孩。但在拍摄《古墓丽影》时，目睹太多的残酷。我发现有太多历史是学校不会教的，更有太多生命的课程需要我去学习。"安吉丽娜·朱莉在柬埔寨做了许多慈善工作，收养了柬埔寨小孩。2005 年，安吉丽娜·朱莉荣获联合国颁发的"世界人道主义奖"。同年，柬埔寨国王西哈莫尼签署了一项政令，授予安吉丽娜·朱莉为柬埔寨荣誉公民。

　　电影《古墓丽影》成就了安吉丽娜·朱莉，种下了她与吴哥窟的不解情缘，也使得片中的外景拍摄地塔布隆寺（Ta Prohm）为世人所向往，许多影迷循着安吉丽娜·朱莉的丽影来到了塔布隆寺。

　　塔布隆寺是它的现代化名字。1186年，国王阇耶跋摩七世开始着手建造庞大的公共建设工程（称为Rajavihara）来向家人致敬。塔布隆寺是这项工程中最早建成的寺庙之一，寺庙里所供奉的般若佛母（智慧的人格化身），就是依照阇耶跋摩七世的母亲的形象来雕刻的。于1191年建成的圣剑寺（Preah Khan）是与其互相呼应的一座庙宇，圣剑寺供奉的慈悲观世音菩萨，是以阇耶跋摩七世的父亲为原型雕刻的。

　　吴哥王朝没落后，王城被弃，昨夜还是笙歌燕舞好不热闹，一夜之间人去城空甚是凄凉。盛极必衰，成住坏空，世间一切的繁华与大美，最终都逃不过时间年轮的碾压，或惨烈消亡，或风化于光阴流转间。随着时间的流逝，吴哥窟的许多寺庙被世人遗忘在丛林里，慢慢地只剩下流传于民间的神秘传说。

　　然而，生与死，终究是一场轮回。没落废弃的王城如死一般寂静，种子却像是一个个鲜活的小精灵，跟随着风坠入凡间，掉落在吴哥王城的屋顶上、石缝间。在阳光的孕育和雨水的滋养下，种子开始发芽、生根、成长，迸发出惊人的生命力。丛林的精灵们慢慢成了吴哥王城的"新主人"。野草长上了墙头；大树的根如蟒蛇般深入寺庙的石缝中，向四方扩散，又贪婪地伸向寺庙的墙头和门廊，在寺庙的每一个角落肆意地蔓延生长。在寺庙的每个方向都有梦幻般的树木，树冠相连成天然的绿色穹顶，绞杀榕的树根盘根错节，缠绕着盘踞在地面和墙头，树根与寺墙慢慢地浑然一体，形成树在庙里、庙在树里的奇妙景象，自成一道风景。

　　微小的种子，爆发出巨大的能量。小树慢慢地长大，一点一点地撕裂寺墙，盘踞屋顶，崩裂的石砖似乎在痛苦地呻吟，控诉着大自然的随性和恣意；大树却以自己的方式，顽固地将寺庙包裹住，让它在历经千年的风霜后，仍能坚强地挺立。千百年来，大树与塔布隆寺相生相克，极具禅意。参天大树的生长在很大程度上造成了对寺庙的破坏，然而历经千百年的风吹雨打和人为破坏，残破的寺庙却又在大树的庇护下得以幸存。

19 世纪中期，吴哥窟的建筑遗迹群重新被世人发现时，许多寺庙都已残缺不全，但当时的柬埔寨没有能力对其进行保护和修缮，便由其他友好国家认领修缮。由于大树的生长对寺庙的建筑结构造成了致命的破坏，在修缮过程中，一些国家的工作人员选择砍掉参天大树的方式来保护寺庙，甚至连雕像和石墙都重新修建，古迹得到了保护，却也失去了一些本真。

与大多数现存的吴哥寺庙经历不同，对塔布隆寺的保护和修缮，不得不说是一场人类与自然的较量。印度政府在修缮塔布隆寺时，就面临着到底是砍树护寺，还是留树毁寺的两难境地，到底是该任古树蔓延生长，最终使寺庙建筑崩塌损毁，还是该将缠绕的古树砍伐，使得寺庙的结构得以保存？古树已经生长成为寺庙的一部分，一旦古树死亡腐烂，寺庙也终归倒塌。最终，柬埔寨、印度和法国等国的专家达成"古寺与老树共生共存"的共识，这个有别于他国的保护和修缮方案，让世人有幸一睹塔布隆寺刚被发现时的原貌。

种种原因，使得塔布隆寺幸运地保持着它被重新发现时的原貌，没有砍掉整棵大树，没有重新修建石墙和雕像，只是在确保大树的生长不再损毁寺庙的前提下，对大树进行了枝丫的修剪，并借外力对寺庙进行加固保护。塔布隆寺在最大程度上保存了原貌，同时又具有自己的独特风韵，古树与寺庙共生共存，痴缠千年，从废墟中生长出来的参天大树给人以极强的生命张力，在参天大树间顽强耸立的古老寺庙有着厚重的历史沧桑感。

如果说去吴哥寺是看浮雕，去巴戎寺是看高棉的微笑，那么来到塔布隆寺，就应当好好看看这大树与古寺的旷世之恋。说塔布隆寺是一片废墟，其实也不为过，很多石墙都已经倒塌，只剩下无序堆砌着的石砖，仍能看出轮廓的寺塔寥寥无几，可谓是一派荒凉，吴哥王朝鼎盛时期的气势犹存，辉煌早已不再，但那些与古寺缠绕着的参天大树，又重新赋予塔布隆寺以生命。塔布隆寺与参天古树共生共存，像一对情侣，难解千百年的痴缠与缱绻，共同见证着吴哥文明的历史变迁，更让人生出对大自然惊人力量的敬畏之情。

千百年的风吹雨打、无数的战火企图摧残湮没塔布隆寺，一粒小小的种子却以自然的神力肆意随性地生长，裹挟着没有生命的塔布隆寺，顽强地耸立于风雨与战火间。这就是大自然的力量，如此张狂与顽强，如此不可小觑。

有人说，去了吴哥窟，看过别人的贫穷和苦难，会让人变得坚强；看过盛世繁华遗留的踪迹，会让人懂得珍惜；看过天真的小孩和清澈的眼神，会让人变得柔软。我来到塔布隆寺时，当年的侠骨柔情应犹在，只是心境已不同，年少渴望着刺激，如今寻求着平衡。塔布隆寺的寺与树，就是大自然的平衡。

阿普萨拉的谜语

　　圣剑寺建于 12 世纪阇耶跋摩七世时期，是国王阇耶跋摩七世为供奉自己的父亲而修建的，与其对应的是国王为供奉自己的母亲而修建的塔布隆寺。巧妙的是，千百年之后，圣剑寺和塔布隆寺都保留着寺与树共生的景象，阇耶跋摩七世的拳拳孝心，在漫长的时光里生长出独特的风景。

　　圣剑寺名字的由来，自然与圣剑有关，在圣剑寺东边的入口处有一座两层建筑物，是用来存放圣剑的，但圣剑早已不知去向。据传当时吴哥王城正在修建，圣剑寺成为国王阇耶跋摩七世的临时住所，他曾在此举行朝拜和读书学习，它也曾是高棉人极为重视的寺庙之一，数千人供养和维护着这座寺庙。

　　圣剑寺呈规则的十字形，中心是中央圣堂，象征世界的中心须弥山，东、南、西、北四个方向都有通往中央圣塔的拱顶长廊。门外是长长的引道，引道两旁就是印度神话《搅拌乳海》的雕像。其中，慈眉善目的是天神，细长的眼透露着慈悲的光芒；怒目圆睁的是阿修罗，狰狞的表情令人心生畏惧。

　　《搅拌乳海》中讲道：天神和阿修罗经过长期的战斗后，达成协议，齐心协力搅拌乳海，以求取得可长生不死的甘露。他们请巨龟沉在海底作底座，搬来大山放在龟背上作搅拌棒，用一条巨蟒作绳索缠在山腰上，天神和阿修罗分别抓住巨蟒的头和尾，来回拉动着搅拌乳海。乳海浪花翻腾，从一朵朵浪花中诞生了万物，海面上徐徐升起女神阿普萨拉，她们婀娜多姿，体态丰腴，美丽的脸庞上浅笑安然，欢快地唱着歌跳着舞，为众神加油打气。

吴哥遗迹群中有许多阿普萨拉，相比较而言，吴哥寺和女王宫的阿普萨拉浮雕最为精美。然而，吴哥寺太过热闹，拥挤的人潮簇拥着你往前行进，很难停下脚步静下心来慢慢欣赏；女王宫的阿普萨拉浮雕多数都在中心殿堂，如今已被隔离保护起来，游人只能远远地观望，不能靠近；而圣剑寺规模宏大，游人分散在各个角落，是难得的清净之地，虽然这里的阿普萨拉雕像不是最精美的，甚至有很多浮雕已被人为地挖掉，但你可以有足够的空间和安宁，在此慢慢行走慢慢看。

穿过圣剑寺的东门，穿过长长的引道，不经意间，你就能邂逅舞姿曼妙的阿普萨拉，或在石门边，或在立柱上，或在石墙上，或在废墟里……阿普萨拉源自印度神话，但吴哥窟的阿普萨拉在相貌、体态、服饰和舞姿等细节方面已不同于印度神女的形象，具有鲜明的本土特征。阿普萨拉的发型各异，大多用柬埔寨的特产棕糖花作为装饰；阿普萨拉拥有婀娜多姿的优美体态，这些体态都有着特殊的寓意，蒋勋先生在《吴哥之美》里写道：

> "每一个女神都在翩翩起舞。上身赤裸，腰肢纤细，她们的手指就像一片片的花瓣展放。"

> "女神常常捏着食指、大拇指，做成花的蓓蕾形状，放在下腹肚脐处，表示生命的起源。其他三根手指展开，向外弯曲，就是花瓣向外翻卷，花开放到极盛。然而，手指也向下弯垂，是花的凋谢枯萎。阿普萨拉的手指婀娜之美，也是生命告白。生老病死，成住坏

空，每一根手指的柔软，都诉说着生命的领悟，传递着生命的信仰。"

　　看似简单变幻的舞姿，其实蕴含着深奥的生命哲理。在吴哥王朝的鼎盛时期，技艺高超的工匠们呕心沥血，在坚硬的石头上雕刻出精美细致的阿普萨拉。然而，万物难逃盛极必衰的规律，随着吴哥王朝的没落，战火纷飞，民不聊生，宏伟的建筑被摧毁，精美的阿普萨拉雕像也被风霜剥蚀。历经岁月风霜和天灾人祸的摧残，许多阿普萨拉的雕像都已不再完美，有些被完全损毁，有些残缺不全，有些被青苔掩盖本色……尽管如此，阿普萨拉始终保持着优美的姿态和浅浅的微笑，笑看岁月沧桑，笑看战火连绵，笑看潮起潮落。

　　当我静下心来，站在阿普萨拉浮雕跟前，屏息凝神地注视着她们，阿普萨拉女神似乎复活了一般，飘扬的裙摆开始摆动，柔软的手指开始活跃。她们慢慢地鲜活起来，随着优美的音乐展开曼妙的舞姿，时光仿佛穿越回到千年以前，吴哥王朝的宫廷里一派歌舞升平的繁荣景象。

　　阿普萨拉的舞蹈，俗称"天女舞"，是著名的柬埔寨宫廷舞，具有悠久的历史。9—14世纪，时值吴哥王朝的鼎盛时期，高棉文化的发展也到达巅峰，音乐和舞蹈是宗教仪式的重要组成部分，宫廷和寺庙里蓄养了众多的舞女和乐师，宫廷舞女享有尊贵的地位，被视为人间的神女。

　　随着吴哥王朝的衰亡，宫廷舞蹈艺术流落民间，并与民间艺术很好地融合，消减了原有的神圣和端庄，增添了平民百姓的生活气息，突出了柔韧纤巧和生动活泼的特征。如今暹粒市区的许多酒店，都有柬埔寨古典宫廷歌舞表演专场，演员需经过长期的规范训练，柔韧程度和舞姿体态要求同浮雕上的阿普萨拉仙女一般，双臂和手指动作柔韧绵软，身体律动细腻丰富，舞者体态端庄典雅又不失烟火气息。正因为有了生活气息的融入，才使天女舞得以源远流长。

　　圣剑寺的阿普萨拉未曾复活，她们的美也从未消失。美，可以转瞬即逝，也可以万代千秋。阿普萨拉的美，是时光里的古老，是风霜里的惊艳，不言不语，又载歌载舞。

比粒寺的黄昏

比粒寺（Pre Rup）是罗贞陀罗跋摩二世留给世人的伟大建筑，为金字塔式，建筑格局遵循佛教信奉须弥圣山的思想，信仰最高处是世界的中心，是诸神的所在。比粒寺还有一个具有神话色彩的名字，叫作"变身塔"，关于它的由来有一个比较完整的说法，便与罗贞陀罗跋摩二世的生死轮回有关。

961 年，伟大的君主罗贞陀罗跋摩二世开始建造比粒寺，这本是他为自己建造的主庙，但在 968 年，罗贞陀罗跋摩二世突然驾崩，他未能亲眼看到比粒寺的建造完工，因此，后人便在比粒寺为他举行火化仪式，一代伟大的君王在此火化变身幻化成神，由此得名"变身塔"。之后，比粒寺也就成为了皇族举行火化仪式的场所。

来到比粒寺之前，我的内心深处是有些抵触的，因为它曾是古代皇族举行火葬仪式的地方，我害怕因不懂规矩而犯了忌讳。我的行程单里本没有安排比粒寺，但当 TuTu 车行驶到比粒寺时，竟然没油了，司机安东很是抱歉，他不得不跑去很远的地方借油，而我们只能待在原地休息。也罢，万事皆有定数，就让一切随缘吧。

　　午后的太阳火辣辣的，我们来到比粒寺前的大树下乘凉。树下有几只狗在乘凉，天气燥热，它们却是很平静，完全没有吐着舌头、发出急促呼哧声的烦躁模样，见到来来往往的陌生游人，仍是一副气定神闲的姿态，任由游人热闹地围观。狗狗始终是半眯着眼睛闭目养神，耳朵机警地直竖着倾听四方，脸上一副"我不关心人类"的表情。大树下有几个小朋友在拿着树叶逗蚂蚁玩，小睿也跑过去跟他们一起玩了起来。妈妈说她陪着小睿，我可以独自一人攀上比粒寺。

　　或许是因为心中有着更深的敬畏，也或许是它的建筑结构本身就与众不同，耸立在我面前的比粒寺显得尤其高昂陡峭，独特的红砖看上去像是富含铁质的矿石，明显有着铁质的坚硬，粗糙的红砖表面布满小孔。据蒋勋先生在《吴哥之美》里的描述，这些小孔是当初在建造寺庙时，工匠刻意凿下的，为的是能将混合有糯米的黏土附着在红砖上面，以便再建造装饰物。据周达观的《真腊风土记》记载，吴哥盛世时，各处皇族建筑都金碧辉煌，甚至房屋外围都贴着一层金箔，在阳光的照耀下，整座建筑都金光闪闪。比粒寺无论是作为罗贞陀罗跋摩二世的主庙，还是皇族的火化场所，都应是地位尊贵的皇族建筑，它在盛世时期，该是怎样的宏伟壮丽？

　　战火摧残，风吹日晒，比粒寺外围的木质结构和金箔装饰等都已被岁月剥蚀殆尽，只剩下砖砌的主体结构，看着眼前的断壁残垣和粗糙红砖，很难想象它在盛世时期是怎样的辉煌景象。与众不同的是，吴哥窟的其他寺庙大都是黑白斑斓，而比粒寺因为特殊的红砖结构，使得它残存的主体结构格外鲜艳，看上去仍然具有旺盛的生命力，像举行火化仪式时熊熊燃烧的烈焰，像一代君王变身为神时幻化出的火红霞光。

　　置身于比粒寺时，先前的芥蒂和惧怕都已消失，心中反而有了一定要攀爬到顶的笃定。特殊的红砖结构显现出了优势，其他灰砖结构的吴哥寺庙，经过长年累月的风化和踩踏，阶梯早已磨损严重，只剩下圆弧形状的边缘，而比粒寺的阶梯却还是棱角分明的直角。阶梯异常高，要大幅度地抬腿才能迈上去，也异常狭窄，只能容得下三分之一个脚掌，我得小心翼翼地俯低身段紧贴着阶梯，双手紧紧抓着旁边的砖墙，把脚掌横过来放在阶梯上，一步一个脚印地侧身攀爬而上。

千百年前，能进出比粒寺的定是皇亲国戚和达官贵人，而今这里已成为人来人往的旅游景点。信仰面前人人平等，无论你是达官贵人还是平民百姓，甚至是不可一世的一代君王，要想到达比粒寺的最高处，都必须小心谨慎地一步一个脚印攀爬，没有足够的虔诚，定是到不了最高的境界，若有一丝不敬在阶梯上嬉闹起来，怕是要一个不小心就跌落下来了。

站在比粒寺的最高处，能清楚地看到比粒寺呈方形结构，四个角各有一头神气十足的石雕大象。与红砖的主体结构不同，大象只是普通的石雕，经风吹日晒之后，留下黑白斑斓的颜色。身处高处，临风远眺，我的心也是一片辽阔，任它云舒云卷，任它黄土翻滚，我仍能看见远处的繁华，亦能看见脚下的苍凉。

临近黄昏，夕阳西下，比粒寺被笼罩在一层柔和的金光中，别有一番韵味。比粒寺是吴哥窟不可多得的日落观赏胜地，火红的石砖主体结构在夕阳的照耀下，变得更加火热、更加红艳，成了一道独特的风景线。罗贞陀罗跋摩二世在建造比粒寺之初，是否也曾幻想过如此胜景？时间最是残酷，还未等比粒寺建造完工，罗贞陀罗跋摩二世便与世长辞，而后人用火化变身的方式，使得罗贞陀罗跋摩二世最终完成夙愿，灵魂永存于此。

我很庆幸自己完成了比粒寺之旅，与其刻意安排，不如顺其自然，最好的风景往往在最不经意间。

左手菩提，右手红尘

比粒寺前有一块开阔的草坪，草坪上的一株大树犹如一把大伞，笔直的树干像是伞柄，茂盛的枝叶像是盛开的伞叶，大树下坐着一个身着袈裟的僧人，土黄色的袈裟在碧绿的草地与"伞叶"间尤为显眼。僧人正全神贯注地在本子上写着什么，全然不顾旁边喧闹的马路和市场，自顾自地沉醉在自己的世界，如此安静。

正是黄昏时，那样的画面太有诗意了，我蹑手蹑脚地走过去，想用相机拍下这唯美的一幕，不料还是惊动了他。我表示很抱歉，僧人却向我招招手，示意我过去。我在他旁边找了个位子坐下来。

他有着一幅典型的东南亚面孔，但一开口便是流利的中文。为了发展旅游业，东南亚有很多的中文学校，很多僧人和平民百姓都会讲中文，这倒是不足为奇，但他的经历着实让我惊讶不已。他是一个从泰国过来的游僧，会讲泰语、柬埔寨语、老挝语、缅甸语、中文和英语，常年在东南亚地区行走，一边修行一边旅行。他的中文很流利，几乎没有口音，英语也很纯正，是一个实实在在的语言天才！我充满好奇和崇拜地夸赞他："您一定是一个学霸！"他却云淡风轻地道："我没读过多少书，一直在游学。

181

我是走了很多路，遇见很多人，在路上慢慢学会的语言。"人们常说"读万卷书不如行万里路，行万里路不如阅人无数"，坐在我面前的这位年轻僧人，身体力行地做到了。

他问我去比粒寺有什么收获，我一五一十地告诉他，因为对火化场所有所忌讳，我原本没有把比粒寺纳入行程，来到这里纯属机缘巧合，但我感谢这个巧合，它扭转了我对比粒寺的偏见，比粒寺的红砖结构与众不同，比粒寺的日落唯美得令人落泪。我一边说着，他一边在本子上做着记录，原来他坐在这里，就是在观察从比粒寺下来的游人是怎样的神情，猜猜他们是怎样的心境。

我问他："那您刚才看我从比粒寺下来时，是什么表情？什么心境？"

他面带狡黠地笑了笑，没有直接回答我的问题，似乎是天机不可泄露。他环顾了一下四周，说道："你看，我们的左手边是安静的菩提树，右手边是喧嚣的现实世界。"

左手菩提，右手红尘！

多有禅意的画面，多有智慧的话语！我只看到了浅显的表面，左手是菩提树下的繁盛婆娑，右手是车水马龙的红尘喧嚣，身着黄色袈裟的僧人坐在其间尤为显眼，我被这样的画面吸引前来拍照；而僧人看透了其中的禅机，身处菩提与红尘之间，眼前即是往生后的变身塔，他仍能悠然自若、怡然自得。心中若有菩提，无谓红尘纷扰，无谓往生变身。

在吴哥窟各个景区的角落，经常能看到皮肤晒得黝黑的孩子，他们大都已经到了入学年龄，却未能正常入学，整日游荡在景区里，愚笨点的孩子会缠着游客伸手乞讨，机灵点的孩子会贩卖明信片或丝巾等小物件来换取钱财。有很多善良的游客，出发时就会带上精心准备好的文具、糖果或是零钱，在景区里分发给孩子们。

本是好心，却也引来不少诟病，游客在吴哥窟景区里购买或分发礼物，在一定程度上促进了当地的小孩辍学经商或乞讨，太多的糖果也导致当地小孩的牙齿健康堪忧，于是有人反对这些布施行为，甚至激烈地称之为"爱心泛滥，无知的伪善"。

我无从知晓在景区购买或分发礼物到底是好是坏，有些游客是真心给予，有些孩子是切实需要，但没人能恰到好处地掌握到一个合适的度，简单地指责显然过于粗暴。

直到有一天，我们在游人较少的崩密列景区内遇见一个小女孩，她用宽大的树叶编织成尖顶的帽子，戴在头上很是可爱。小睿被她的帽子深深地吸引住了，他有各式各样的帽子，但还从未拥有过一顶用树叶做成的帽子。他呆呆地看着小女孩，小女孩冲着他乐呵呵地笑。许久之后，小睿终于决定做点儿什么，他取下自己的背包，在里面翻腾了好一阵，然后从中拿出自己最喜爱的爆裂飞车玩具，递给小女孩。小女孩愣住了，不敢贸然伸手去接，但对这个奇形怪状的玩具又充满好奇，一双水汪汪的大眼睛紧紧地盯着它。小睿把玩具塞到小女孩手里，又指了指她的树叶帽，小女孩会心地笑了，摘下帽子戴在小睿的头上。两个孩子都得到了自己想要的东西，高兴得合不拢嘴。

没有施舍，各有所得，万事万物都有两面性，小孩子们很自然地就掌握了这个合适的度，不纠结于是得还是失。一念清醒，一念癫狂，我只是个普通的凡人，常常执迷不悟，怎么看透左手菩提、右手红尘？

大象的眼泪

巴肯山（Bakheng）的日落跟吴哥寺的日出一样，都是吴哥窟之旅不可错过的绝佳景致。巴肯山高约 70 米，是吴哥寺周边唯一的制高点，西边是开阔的西池，东南方丛林中是享誉全球的吴哥寺，山顶上的巴肯寺（Phnom Bakheng）是观赏日落和远眺吴哥寺的最佳去处。

巴肯山虽是个小山丘，但登上山顶却不是件容易的事，人们有三种途径可以登上巴肯山：一是沿着陡峭的山路走约 15 分钟，山路不算十分难走，但对老人和小孩而言仍是个不小的挑战；二是沿坡度平缓的小路上山，但路途较远；三是骑着"大象的士"上山，掏 30 美元便可省去车马劳累的辛苦。年幼的小睿无法胜任陡峭的山路和遥远的路程，思来想去，我们唯有骑"大象的士"这个选项。

游客太多，等候"大象的士"的人群已排起长长的队伍。统一穿着大红色工服的象夫们都很兴奋地高声吆喝，今天生意兴隆，他们很是满意。"大象的士"的背上都铺着统一的大红色绒布，隔着绒布绑着沉重的铁制座椅，比起象夫们的兴奋劲儿，大象们显得沉闷、阴郁许多。

我自顾着低头玩手机，站在我身边的小睿使劲地拽着我的袖子，说：

"妈妈，大象在流血啊。"我顺着他手指的方向望去，不知道是被铁质座椅磨伤，还是外力所伤，那头大象的颈背部已是鲜血直流，但坐在大象背上的象夫视而不见。

许是疼痛难忍，大象的脾气有些暴躁，不听象夫的使唤。象夫不想错过今天的好生意，但大象偏偏与他作对，无论象夫怎么吆喝、拍打，大象就是不肯蹲下身来让游客骑上背。如此这般折腾了一阵，象夫失去了耐心，只见他从宽大的红色工服腰间摸出一支棍子，狠狠地敲打在大象的头上，大象痛得撕心裂肺地吼叫着，象夫仍不解气，毫不留情地狠狠敲打大象，下手真是狠毒、残忍，大象痛苦地嘶吼着。这样的情景，看得我毛骨悚然。

小睿吓坏了，一边大哭着扑到我怀里，一边大喊道："不要打它！不要打它！……"我赶忙把小睿搂进怀里，逃也似的离开了"大象的士"的等候队伍。

在停车场旁边的果汁店休息了许久，小睿才从悲伤和惊恐中缓过来，他把头埋在我怀里，央求着道："妈妈，我不要骑大象了，让那个叔叔不要打大象，它会痛的，它都流血了！"听着这番话，我觉得很欣慰，我的孩子是这么善良；我也感到很愧疚，我从来都没有想过大象会痛，而因为我的无知和莽撞，让孩子看到这番残忍的景象，甚至受到了惊吓。我以为孩子喜欢大象，也一定会喜欢骑大象，近距离地与大象接触，对他来说会是一种新奇刺激的体验，就像他喜欢乘坐双层巴士一样。然而，在他的眼里，大象与双层巴士显然是不一样的，他心疼、怜悯大象，他那看似弱小的身躯和心灵，想要保护庞大的大象。

我郑重地回答我的孩子："我们再也不会去骑大象了！"

巴肯山的日落泡汤了，但我没有遗憾，反而觉得收获良多，我的孩子给我上了一堂生动的课，关乎生命和人性，比一场日落的意义要深远得多。

坐车回酒店的路上，与司机安东说起这些"大象的士"，他也是一脸无奈的表情。他心情沉重地告诉我们，这些大象的驯化过程是非常残忍的，东南亚每年都有无数大象死于残忍的驯化，这些幸存下来、会载人、会表演的大象，并不是因为它们有多聪明，只是因为它们畏惧人类的残忍手段。赶象是象夫的生计，一贫如洗的象夫需要靠驯化的大象来养家糊口，而且这些大象几乎都已经丧失野外生存能力，即使放归森林，也很难独立生存。

柬埔寨之旅结束后不久，我看了一部名叫《黑象》的纪录片，这个不到 10 分钟的视频获得海量点击和转载。看过《黑象》之后我才知道，原来象夫手里拿着的棍子，有个异常邪恶的名字，叫象钩。大象的皮肤看似粗糙，却能敏锐地感知蚊虫的叮咬，更何况是尖锐的象钩？

象夫驯化大象的手段残忍，每一次刺打都会落在大象的脖子、耳后和头顶等最敏感部位。视频中，当象夫拿着尖尖的象钩不停地刺打着幼象的头时，幼象痛得四腿发软、大小便失禁。驯化大象的身上都有千疮百孔，每一处伤痕都是它们无法忘却的疼痛回忆，因为大象的记忆力超强，控制情感的海马体占据大象总脑容量的比例超过人类 50%，驯化过程中的痛苦记忆会在大象的脑海里留存很久很久。许多大象在驯化过程中死去，有的死于窒息，有的死于挨饿，有的死于压力，有的因心碎而亡……

大象的身躯庞大，但脊柱却是它们身上很脆弱的部分。一头成年大象能承受的最大负荷，就是承载 150 公斤的重量行动 4 个小时，但事实上，许多驯化大象会被绑上沉重的铁制座椅，通常一次至少有两个游客骑坐，每天的工作时间也远远不止 4 个小时。经年累月，很多大象的背部都会出现压塌的凹痕。

据《黑象》介绍，一百年以前，泰国估计有 30 万头野生大象，10 万头驯化大象。而截至 2017 年初，泰国只有不到 1500 头野生大象和 3500 头驯化大象。绝大多数驯化大象都用于旅游业。这些驯化大象，在它们幼年时便与母象分开，接受象夫残忍的 "pha jaan"（意为 "彻底切割"）。象夫用象钩刺打它们，用高压电棒击打它们，用斧头砍刀砍它们，用狭窄的木架笼子囚禁它们，用不到三米的带刺铁链拴住它们，让它们挨饿，不让它们睡觉……这些残忍的手段，为的就是让大象听从象夫的口令，让人骑在它们身上，让它们做出人类喜欢的表演。

　　大象也有着丰富的情感，会为同伴的去世而哀鸣，会在被囚禁多年获得释放后感动流泪。而人类，怎么会这么冷漠、这么残忍？如果你已经知晓，请停止娱乐大象。别再因你的新鲜猎奇，而让大象负重前行。大象只属于森林和草原，不属于人类的娱乐场。

做自己的女王

班蒂斯蕾（Banteay Srei，意为"女人的城堡"，又称"女王宫"）距离吴哥王城大约 25 千米，是柬埔寨的三大圣庙之一，是吴哥遗迹群中重要的建筑之一。它因独特的朱砂红色砖墙和富丽堂皇的精美浮雕而闻名于世，享有"吴哥古迹明珠""吴哥艺术之钻"诸多美誉。

初次听到"女王宫"之名，很多人都会以为这座寺庙是专门为女王建造，其实不然，蒋勋先生在《吴哥之美》里介绍道，女王宫里住着的并不是女王，而是一位男性国师。

据碑文记载，女王宫始建于 967 年，是老国王罗贞陀罗跋摩二世为其国师雅吉那瓦拉哈（Yajnavaraha）修行而修建的，但老国王于 968 年驾崩，女王宫便由国师雅吉那瓦拉哈继续主持修建。国师雅吉那瓦拉哈颇具传奇色彩，他是前任统治者曷利沙跋摩一世的孙子，博学多才，精通医术，擅长音乐和天文学，同时还承担着国家许多重要的职务，被誉为神圣的导师。

关于"女王宫"这个名字的由来，民间流传着多种说法。有人说是因其小巧玲珑的外观、精致剔透的装饰、富丽堂皇的雕刻和绯红通透的颜色，使其在被发现之初，便让人们误以为是为女王而建造的。有人说是因为女王宫里的浮雕太过精美和细腻，不像出自男性之手，人们猜测这座寺庙是由女性修建和雕刻。有人说是因为女王宫里的浮雕有许许多多的女神阿普萨拉；甚至还有人说，是因为女王宫远离吴哥王城，像是国王为躲避战乱纷争、藏匿后宫佳丽而建起的宫殿。无论起因何如，如今"女王宫"的声名已经超越"班蒂斯蕾"，几乎已经成为它的官名。

女王宫规模不大，主体建筑面积约 500 平方米，但四周仍然开挖护城河，可见其地位之重要。女王宫与大多数吴哥庙宇一样，面朝东方，现存的寺庙主建筑群由三层院落围成，最内层院落有三座中央塔，塔殿中央供奉着湿婆神，东北方和东南方有两座图书馆（藏经阁）。

绝大多数吴哥遗迹使用青砂岩作为建筑材料，唯有女王宫和比粒寺与众不同，主体结构均由高棉特有的红色砂岩修建而成，色彩极为艳丽。与比粒寺相似，如今女王宫的墙砖上面，布满了大大小小的圆孔，这些圆孔是工匠凿刻出来的，以便在光滑的岩石表面附着混有糯米的黏土，再在黏土上雕刻美丽图案、附着装饰物。历经千年风霜的侵蚀和连绵战火的摧残，华丽的装饰物早已风化成岁月的风沙，如今只剩下千疮百孔的墙砖。

女王宫里最耀眼的，要数它的精美浮雕。几乎所有外墙都布满浮雕，其雕刻之细密精美，刀工之流畅细腻，造型之繁复圆润，线条之纤巧柔美，色彩之鲜艳妩媚，堪称古代高棉雕刻的最高峰。

女王宫的拱形门楣上，用繁复的手法雕刻出丰富的印度教神话故事，有印度史诗《罗摩衍那》中恶魔掠走罗摩妻子悉达的故事，有罗摩王子帮助猴王须羯哩婆杀死其兄波林的故事，还有狮面人那罗希摩撕开魔王希兰亚卡西普胸腔的场景。

女王宫里有许多雕刻而成的花纹图案，有含苞待放的花朵，有美丽绽放的莲花，有肆意翻卷的浪花……女王宫里的每一尊雕像，造型都惟妙惟肖。女王宫里众多的雕像中，享有极高声誉的当属阿普萨拉女神。阿普萨拉身上的每一个细节，每一丝微笑，每一缕头发，每一处裙褶……处处有言语，无处不传神，该粗糙的地方绝不会过度打磨，该细致的地方绝无一丝浮躁。

千年之前在此完成雕刻的雕工，内心该是怎样的宁静，才能在坚硬的石头上刻出如此繁密又精细的图案？如今的游人，仅仅是看，都只是匆匆而过。

吴哥窟的绝大多数寺庙都有高高的阶梯，寺庙最高处象征着佛教信奉的须弥圣山，但唯有女王宫最独特，它就这样从平坦的地面上拔地而起，没有陡峭高耸的阶梯，无须仰视，只要靠得足够近，就能看得足够清楚；无须俯身贴地地攀爬，只需轻盈地抬腿走上几个台阶，便能进入女王宫里。

与众不同的建筑格局，应是与女王宫的主人有关。宗教信仰高高在上，需要陡峭高耸的阶梯来营造信仰的空间感；一代君王高居庙堂，需要让人仰视的宫殿来彰显帝王的尊贵。然而，从来都是高处不胜寒，凡人如何能懂高处的孤寂和荒凉？智慧如国师，阅历如国师，或许是在功成身退之后，看透了高处之寒，唯愿择一处清静之地，紧接地气潜心修行，格外有一种谦逊宁静。

春节期间是吴哥窟的旅行旺季，女王宫里游人如织，每个人的目的各不相同，有人穿着鲜艳的长裙飘飘而来，为了拍下几张美丽的照片；有人携着蒋勋先生的《吴哥之美》而来，为了寻找女王宫浮雕上的那些印度神话故事；有人只是听说女王宫的盛名，闻名而来；有人只是报了吴哥窟的旅游团，随团而来……虽然女王宫没有陡峭的阶梯和高耸的庙宇，但这里终究不是嬉闹的场所，游人无论是以何种目的、何种心态而来，在宗教信仰面前，仍需谨慎恭敬。

历经千年的风吹雨打，历经长年的战火摧残，女王宫只残存主体砖墙结构，却仍难逃盗贼和游人之手。来自世界各地的"文化贼"对精美的雕像下手，把它们扒挖下来搬走，留下残缺的空洞甚是嘲讽。如今，女王宫内的许多宝贵雕像都已迁移至柬埔寨国家博物馆，现在能看到的很多都是替换品。最内层塔殿也已经用围栏保护起来，只可远观，再不可亵玩。

　　谁人不想主宰自己？奈何命运早有安排。择平地而居，我做自己的女王。

尘埃之上莲花盛开

如果说吴哥寺的宏伟建筑和精美浮雕是一场视觉的盛宴，巴戎寺里面带微笑的四面佛是一个难解的谜题，那么，崩密列（Beng Mealea）充其量只能算作一堆废墟。而一个地方之所以能被称为"废墟"，一定是因为它曾经繁华和辉煌过，却因种种原因，如今繁华逝去，辉煌不再。

在去吴哥窟之前，游客们都会先做做攻略，了解一些宗教知识和历史背景，但崩密列能供参考的文字信息少之又少，人们无从知晓它的来龙去脉。崩密列，在柬埔寨语里是"莲花池"的意思，对于一个佛教国家而言，用"莲花"为寺庙命名，可见这座寺庙的地位之尊贵。

根据现存的建筑特色和风格，专家们推断，崩密列建于11世纪末到12世纪初，即苏利耶跋摩二世时期，早于吴哥寺，是吴哥建筑群里第一座完全用砂岩建筑的庙宇，建筑规模和面积几乎与吴哥寺相当，是一座供奉湿婆神的寺庙。由于各种不为后人所知晓的原因，这座神庙似乎从未完工，原本应该布满精美浮雕的外墙上空空如也。自然的风化、战火的摧残和人为的破坏，导致崩密列损毁严重，最终被彻底废弃，完全淹没于原始密林之中。

千百年后，在被世人重新发现时，崩密列已经遭受了天灾人祸的严重损毁，人们该拿什么拯救它？这真是让人崩溃的废墟，据说有不少专家曾试图修复它，但考察过后都不得不放弃，专家们根本无从着手修缮，或许保留它被发现时的最原始模样，便是对它最好的救赎。

崩密列距离吴哥遗迹群以东 40 千米，地处偏僻，路途遥远，一般旅游团不会光顾这里，这使得它比吴哥窟的其他景点要清静许多。崩密列独特的隐秘、原始、古老的风貌，吸引着好奇又勇敢的探险爱好者，有人称其为吴哥遗迹群中最难前往却又最值得去的地方。

从暹粒市区出发，驱车大约 2 个小时，我们来到崩密列寺门口的护城河石桥上。崩密列的建筑格局与吴哥寺很相似，但已经远远没有吴哥寺的气势，古老的护城河如今只是一条小水沟，乌黑潮湿的淤泥里长着莲叶和杂草，莲花盛开的时节已过，杂草成了莲花池里的主角。

石桥的两侧桥头耸立着栩栩如生的蛇神那伽（Naga）雕像。柬埔寨的民间传说，蛇神那伽与雨水密切相关，掌控着帝国的繁荣命运，并被视为连接天堂与人间的彩虹桥梁。柬埔寨人认为蛇是吉祥、平安、力量和守护的象征，蛇的形象常见于吴哥寺庙的引道、屋顶、门檐等处。蛇神雕像有五头、七头和九头，中间的蛇头最大，两侧对称分布小蛇头，眼镜蛇头组成了天蓬。不同的蛇头数量有着不同的寓意，其中五头蛇为水神，七头蛇被视为柬埔寨国家起源的神圣象征和王国兴盛的保护神。

崩密列的石桥两侧耸立着的是七头蛇神，引领着长长的甬道通往崩密列寺庙的深处，保护着每一个虔诚地行走在引道上的人。在引道的中段，便能看到五头蛇神，雕刻精美，纹饰清晰，栩栩如生，守护着这个国家的风调雨顺。令人遗憾的是，不知是战火的"手笔"还是人为的"杰作"，很多蛇神雕像都被砍掉了蛇头。但是即使残破不堪，蛇神那伽也依旧气宇轩昂，依旧坚定地守护着这片土地和这里的人们。

甬道的尽头，一堆如方糖般切割整齐的石料横七竖八地堆砌着，那里便是崩密列的入口，损毁程度超乎想象，到处都是断壁残垣，甚至没有一处完整的建筑。崩密列的荒芜并不引人伤感，反而给人一种特有的静谧感。坍塌的建筑气势依旧，诉说着历史沧桑，虽无吴哥寺那般精美的浮雕，但断壁残垣间藏着许多造型别致的花卉和婀娜多姿的仙女，荒芜的时光难掩昔日的繁华。堆砌的石面上爬满青苔，坍塌的围墙间长出大树。在崩密列被弃之后，在探险家到来之前，这座古老的建筑在丛林中沉睡着，与丛林生灵同呼吸共生长，相依相伴、相守相随着度过悠长岁月，茂密的青苔成为它的外衣，参天大树成为它的遮阳伞。哪怕是在光线最强的中午，崩密列也依然色彩分明，亘古不变的光影与历史悠久的寺庙相互映衬，既斑驳又美丽，既厚重又神秘。

沿着小径走到崩密列深处，里面唯一的现代化设施是一条长长的栈道，这条栈道是在拍摄电影《虎兄虎弟》时搭建的，也正是因为这部电影的拍摄和宣传，才让神秘的崩密列为众人所知，吸引了许多猎奇的探险者慕名前来。

崩密列几乎没有完整的建筑和雕像，棕糖树般的窗棂、长长的回廊和栈道是它的最大特色，但它最惊艳的部分不在废墟之上，而在废墟之下。崩密列的废墟之下藏着一个奇妙的光影世界，它藏得很深，不是轻而易举就能发现的，要在崩密列里做个探险者，并不是件容易的事情，但来这里探险的人很多，于是就催生了一个特殊职业，叫作"探导"。

顾名思义，探导就是带着你在崩密列里探险的导游，他们大多是周边村庄的孩子，对崩密列的地形、地貌了如指掌，也完全理解游客的猎奇心理，他们能轻车熟路地在废墟之间穿行、能轻而易举地进入崩密列的内部、懂得捕捉光线的变幻、能帮游客拍出惊艳的照片……他们是崩密列秘境里行走的传奇，别看他们小小年纪，可都是许多旅游团指定的崩密列探险之旅的金牌导游，单个团费一般在30美元左右。如果你想去崩密列探险，一定别吝啬那几十美金的探导费。

我们的探导是个名叫阿康的15岁男孩，他带领我们开启了非比寻常的崩密列探险之旅。翻过高墙，穿过窗户，走过屋脊，深入栈道和掩藏在废墟下方的回廊，看墙壁上雕刻着的佛教神话，看古寺的窗棂和回廊间光影的变化，我们在迷宫般的废墟间领略着历史的厚重和沧桑，感受着探险的刺激和惊喜。

崩密列之旅没有惊艳之感，阿康是途中的奇异风景。崩密列以其残缺的唯美和久远的荒凉震撼人心，以宁静的神秘和掩藏的秘境深锁人心，那一堆堆废墟的背后，是一个王朝从崛起到衰亡、从繁荣到没落的历史沧桑，是一千年来古寺与老树、光照与影子相生相随的合唱。你不能轻易就得来崩密列的美，只有静静地聆听才能感受它的古老灵魂在呼吸，只有勇敢地探险才能领略它的野性乐趣。

崩密列没有富丽堂皇的浮雕，没有气势恢宏的建筑，没有熙熙攘攘的人群，不为喧嚣所扰，独享一份清净。我们在此慢慢探索，废墟上，青苔间，无不彰显它的神秘和沧桑，也都见证着它的活泼与张力。崩密列的辉煌早已随着时光逝去，如今残留着最朴素的古老，正是它最迷人的元素，残缺的美并不悲情，朴素的真实里渗透着依旧旺盛的生命力。

空梆鲁浮村

東埔寨的洞里萨湖是东南亚最大的淡水湖泊，湖上漂浮着三个水上浮村，靠近暹粒市区一侧，散布在狭长的洞里萨湖畔。空尼（Chong Khneas）是越南浮村，距离暹粒市区约 15 千米，游客较多；空梆鲁（Kompong Pluk）距离暹粒市区约 25 千米，是个设施较为完整的村庄，保持着较为原始的人文风貌；磅克良（Kampong Khleang）距离暹粒市区约 45 千米，因路程远、路况差，游客罕至。

水上浮村住着的大部分是越南难民，由于躲避越南内战逃避至此并遗留下来，成为无国籍人士，也有一小部分東埔寨人，他们大多以打鱼为生。洞里萨湖随着旱季和雨季的变化，会改变湖水的流向和特点，两岸的风景和水上人家的出行方式也会随之变化，人们出行完全依赖季节和天气：雨季来临时，洞里萨湖水来势汹涌，水路的通行方便快捷；旱季时，湖水退去，露出的河床泥土干结，变成可以通行的陆路。乍一听，浮村给人以浪漫的感觉，生活在这里的人们过着"两栖"的生活，随雨而漂，随旱而陆。

《孤独星球：東埔寨》关于水上浮村的介绍，寥寥不足百字，能够捕捉到的信息大意就是：隐藏在洞里萨湖深处的越南浮村。正因为如此，水上浮村之旅更像是一场探险，独具魅力。

出发前往浮村之前，我恣意地发挥想象力，想象着浮村应当是一处别样的"世外桃源"，司机安东见我兴奋的模样，许是不忍破坏我的兴致，欲言又止，最后只是轻轻叮嘱道："你一定要照看好小睿！"

与安东商量后，我们决定去空梆鲁浮村，从暹粒市区出发，驾车前往洞里萨湖的一个小码头，再换乘小木船前往空梆鲁。

见他满脸忧愁的样子，小睿倒是乐观许多，他反过来安慰安东说："叔叔别担心！我准备了好多铅笔和糖果，要跟小朋友分享的。"他拍了拍鼓鼓囊囊的小背包，眼神里写满了坚定，他不明白安东叔叔为什么会担忧，对他来说，没去过的地方都是新鲜的去处。

前往洞里萨湖码头的路况很差，几乎全程都是土路，汽车在漫天飞扬的尘土里穿行，经过一个多小时的颠簸，我们终于抵达洞里萨湖口的码头。说它是个码头，其实它简陋得连块水泥地都没有，不过是从湖岸开凿出一条河道，延伸至岸边的村子深处，河道两岸尽是黄泥土，随着船只晃动和水波荡漾，松软的黄泥土不停地跌入水中，小木船的螺旋桨在水底搅拌，河水便成了质地厚重的泥浆水。糟糕的路况和肮脏的水况，完全在我的想象之外，但并不能打击我的热情，我依然相信自己会看到一片"世外桃源"。

安东是个"全能选手"，这会儿他已经由司机变身为船夫，在随着水波剧烈晃动的小木船上，他仍然身手矫健，自由地上蹦下跳，真真是令人羡慕。小木船很简陋，安东使劲拉动船尾部的柴油机，突突突地打着火后，一股黑烟从船尾冒出来，启动的螺旋桨搅动着浑浊的湖水，一股腥臭味便在空气中飘散开来。

小木船沿着狭长的河道前往空梆鲁浮村，河道两岸零星地散落着高高的吊脚楼，居住在这里的人们靠水吃水，依靠在洞里萨湖打鱼为生。吊脚楼的吊脚中部有一条很明显的横截水纹线，雨季时湖水汹涌，高高的吊脚可以保护房屋不被淹没；旱季时湖水退去，垃圾和淤泥挂在水面漫过的吊脚上，留下潮水来过的痕迹。吊脚上挂着的垃圾和淤泥看上去腌臜不堪，浮村的人们用鲜艳的蓝色隔板和绽放的鲜花把吊脚楼装扮得清新明亮，在吴哥遗迹群中看惯了灰黑单调的建筑，这些色彩绚烂的吊脚楼让人眼前一亮，土黄色的湖水也成了明亮的点缀，眼前明明就是一幅靓丽的水彩画，吊脚楼是一座座真实的空中楼阁。

安东把船停靠在村口的悬崖下方，我们沿着怪石嶙峋的村道攀上空梆鲁浮村。村子不大，但基础设施齐全，医院、学校、寺庙、商店、警察局等各种机构一应俱全。站在村口，最显眼的是左边的金碧辉煌的寺庙，那是人们信仰的所在，右边是明亮的蓝色学校，那是人们的希望所在。寺庙一片肃静，学校热闹非凡，正值下课时间，孩子们趴在教室外的栏杆上，好奇地打量着来来往往的游人，这些如初升朝阳般的孩子，一样的蓝色校服，一样的白色衬衫，一样的潮气蓬勃、青春飞扬。

再往村子深处走，就是浮村人们的生活区，中间是一条黄泥土路，两边是吊脚楼。一群年幼的孩子正在路上开心地玩耍，小男孩们都只穿着一条小裤衩，小女孩们穿着小裙子，他们的皮肤黝黑发亮，眼神清亮透彻，清脆的笑声飘荡在吊脚楼的上空。

现实与我想象的"世外桃源"，着实有些差距，村庄的环境确实脏乱差。尽管如此，这里依然是浮村人们热爱的家园，环境也从未影响孩子们纯洁的快乐，这里依然是他们纯粹的乐园。

我能理解安东的担忧，他是怕小睿不能适应浮村的环境，但现在看来是有些多余，小睿丝毫不在意村庄的环境，已经开始忙着给孩子们分发铅笔和糖果，孩子们欢天喜地地围拢过来，有秩序地等待着从小睿手里分得小礼物。

一头小卷毛的小男孩拿到一支铅笔和一块巧克力，他高兴地一边跳一边转圈，像是得了稀世珍宝一般喜悦。他的牙齿开始坏了，我举起手来给他示意刷牙的动作，他更是咧大了嘴毫不掩饰地大笑起来，露出一嘴黑黑的牙齿，笑容里刻画着他的天真无邪和无忧无虑，他用不太流利的中文反复地说着："谢谢你！欢迎你！"游客们都被他的笑容所感染，纷纷拿起相机来，捕捉这毫无装饰、天真烂漫的笑脸。

网上对空梆鲁浮村的评价参差不齐，有人说浮村的环境脏乱差，简直令人作呕；有人说，浮村的人们很淳朴，清澈的眼神令人心安；有人说，浮村里爱心泛滥，孩子们得到太多的糖果施舍，牙齿都被虫蛀了；有人说，浮村里充满虚伪，穿着红色长裙的外国女孩笑容可掬地搂着又脏又黑的孩子拍照，然后又一脸嫌弃地拿出湿纸巾擦手……

评论里的所有元素，我在浮村几乎都曾见识过，但我依然固执地认为，空梆鲁浮村是一处"世外桃源"，是一处现实中的"空中楼阁"，充满想象，甚是美好。正所谓"此心安处是吾乡"，浮村人们的生活热情，浮村孩子的天真烂漫最是令人感动。

我想说，去空梆鲁浮村看看吧，有一种纯粹震撼人心，只有身临其境，才能真正领略。

敬黄昏一壶酒

　　洞里萨湖又叫金边湖，与柬埔寨的首都金边市同名，位于柬埔寨的心脏地带，在金边市与贯穿全境的湄公河交汇。洞里萨湖是东南亚最大的淡水湖泊，长约 500 千米、宽约 110 千米，湖滨平原广阔平坦，为柬埔寨提供了丰富的淡水、渔业、交通、旅游等资源，被称为柬埔寨人们的"生命之湖"。

　　听说，去洞里萨湖看日落是一件很浪漫的事。我向来都热衷于追逐日出和日落，尤其是在有大山、大湖或是大海的地方。虽然日出日落看似每天都相同，规律地升起又落下，但其实太阳每天都在变幻，它用不同的音符演奏着大自然的乐章，而在有山有水的地方，日出日落更具有仪式感。

　　洞里萨湖常常被人们形容为一块巨大的、碧绿的翡翠，镶嵌在柬埔寨大地之上，但当我风尘仆仆地赶到洞里萨湖畔时，看到的并不是一个碧绿的湖，而是一条长长的土黄色的河道，湖水浑浊不堪，散发着阵阵腥臭味，湖面上漂浮着黑漆漆的垃圾。岸上尽是穿着靓丽的游客，这是洞里萨湖的一个码头，从四面八方涌来的游客在此汇聚，由车换成船前往看日落的地点。

狭长的河道上漂荡着许多木船，有单层的简易小船，也有双层的豪华木船，游船基本都是明亮的湖蓝色，点缀在土黄色的水面上，与湖蓝色的天空和吊脚楼相映成趣，成了一幅绝美的油画。柬埔寨人们用无穷的智慧化腐朽为神奇，将黄与蓝绝妙地搭配在一起，人们的目光焦点都不自觉地锁定在色彩上，而忘了湖水的浑浊和腥臭。

我们乘坐的是一条简易的单层小木船，船夫是个年轻的小伙子，皮肤黝黑乌亮，一身健硕的肌肉，常常笑着露出一嘴大白牙，令人很是喜欢。他不会讲中文，但并不影响我们之间的交流，他的笑容和歌声洒满我们经过的水面，路过的船夫和游客也被他深深感染，纷纷扯起嗓子唱起歌来。一次追逐日落的旅程，附赠了一场不分国界的演唱会，连岸边的水上人家都想要参与其中，场面皆大欢喜。

不知不觉间，我们已经穿过狭长的河道，来到开阔的洞里萨湖，茫茫的湖水也是浑浊的土黄色，此时此刻的洞里萨湖不是碧绿的翡翠，而是浑厚的蜜蜡。刚刚簇拥在一起开"演唱会"的游船在湖面上四散而去，各自寻找合适的日落观赏点。太阳悬挂在远处的湖面上空，旁边伴随着多情的云彩，在悄悄地变幻着色彩和姿态，天公作美，傍晚时必定会有一场绚烂的日落。

船夫停船的工夫，太阳的光芒已经弱去三分，人们常常感叹时光流逝，当我们把注意力都聚焦在时间之上时，便能真真切切地感受到时光真如流水一般，转眼的工夫就已从指间溜走。太阳一点一点地滑落到湖与天的边缘，慢慢变成一个黄灿灿的"蛋黄"，旁边的云彩被夕阳余晖晕染成金黄色，倒影在湖面上，把湖水映衬得金光灿灿。夕阳遮住万物的光芒，散布在湖面上的一艘艘小船留下一个个美丽的剪影，像是闪耀在银河里的点点繁星。

我站在船头，金色的夕阳毫不吝啬它的光芒，洒在我的身上，照进我的眼眸，温暖我的胸膛，我被眼前这壮丽的一幕感动得无语凝咽，即使是孤影，也不曾感到孤独，微风轻轻吹起我的头发，此时若是有酒，我定当庄重地作揖，敬黄昏一壶酒。

感动的泪还没来得及落下，夕阳已经变成了一轮红日，漫天的火烧云把整个湖面映衬得红彤彤的，湖天相接之处，已经分不清哪里是湖、哪里是天。夕阳一点一点地滑落，终于消失在湖与天的边缘，余晖却久久不肯归去，燃尽自己最后的光芒，把色彩和余温留给天边的云彩，夕阳已西沉，火烧云犹在。

感恩上天的馈赠，这一场日落的每一秒都如此唯美，每一秒都不尽相同，我不停地按着快门，贪婪地记录着夕阳的变化，时间匆匆溜走，美好可以被保存，等多年以后我再翻看这些照片时，应当还能记起此刻的感动。感谢洞里萨湖的慷慨，虽然初见它时，入眼尽是浑浊的水和无尽的垃圾，但它丝毫不掩饰自己的缺点，更丝毫不吝啬自己的拥有，孕育湖畔人们的生活和希望。

虽然生活不全是温柔，但阳光总有办法将我们治愈，朝阳苍劲，夕阳温柔，万物都被阳光温柔以待，想要的都拥有，得不到的都释怀。